영업사원

김유빈

영업사원 김유빈 3

뫼달 장편 소설

초판 1쇄 찍은 날 | 2017년 2월 17일
초판 1쇄 펴낸 날 | 2017년 2월 24일

지은이 | 뫼달
펴낸이 | 예경원

기획 | 위시북스
편집책임 | 박우진
편집 | 이즈플러스

펴낸곳 | 예원북스
등록번호 | 제396-2012-000132호
등록일자 | 2012. 7. 25
KFN | 제1-070호

주소 | 경기도 고양시 일산동구 호수로 646-24 위너스21 II 빌딩 206A호 (우)10401
전화 | 031-819-9431 팩스 | 031-817-9432
E-mail | yewonbooks@naver.com

ISBN 979-11-6098-082-0 04810
      979-11-6098-006-6 (set)

영업사원
사원

김유빈

3

뫼달 장편소설

Wish
Books

영업
사원
김유빈

CONTENTS

14장 선덕 여대 축제(2)   7

15장 축제의 끝   33

16장 자업자득   73

17장 애프터 서비스   101

18장 뜻밖의 제안   127

19장 제네스 코리아 임원회의   141

20장 마케팅 팀 발령   177

21장 메디파트너스   191

22장 뒷정리   231

23장 몰락   271

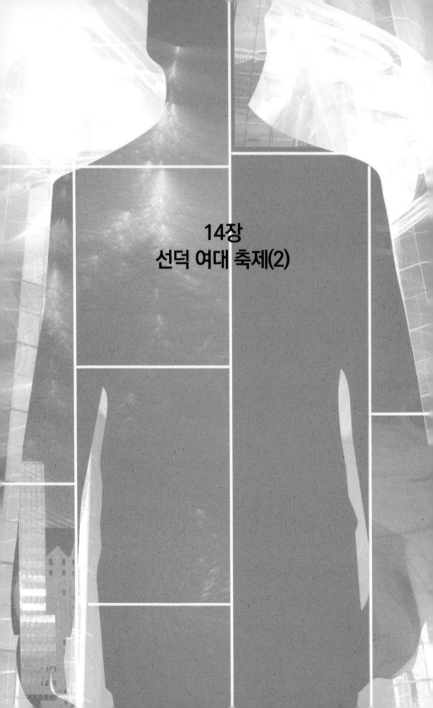

14장
선덕 여대 축제(2)

'탑' 카드가 혼돈 또는 시련을 암시하는 것이라면 '전차' 카드는 해결 가능성에 대한 믿음과 자신감을 의미했다.

　그리고 마지막 카드인 역방향의 '고위 여사제'는 내면의 힘을 이용해 세상 밖으로 나오라고 외치고 있었다.

　세 장의 카드를 연결하면 시련이 있지만 믿음을 가지고 내면의 힘으로 극복하라는 리딩이었다.

　'내면의 힘.'

　유빈은 지니고 있는 힘에 대해서 찬찬히 정리했다.

　우선, 스승님에게서 배운 수련법인 호심법과 완무.

　마음을 가라앉히고 신체적 능력을 증진시켜 줬다.

　호심법의 효능인 전생으로부터 얻은 능력은 첫 번째, 영어 능력과 영업 기술이었다.

두 번째 전생으로부터 전이된 능력은 오라.

오라를 통해 상대방의 감정을 확인하는 능력, 오라를 전개해 일정 공간 안에 있는 사람의 기분을 좋게 해주고 피로를 감소시키는 능력.

그리고 최근에 알게 된 강한 사념을 읽는 능력이었다.

마지막으로 세 번째 전생에서는 아직 사용해 보지는 않았지만, 프랑스어 능력과 타로 리딩을 얻었다.

생각만 해도 여전히 신기하고 의지가 되는 능력이었다.

그리고 무엇보다 영업에 대한 확고한 신념과 목표가 가슴 속에 자리 잡고 있었다.

머릿속으로 다시 한 번 정리하니 이 정도 시련은 이겨 낼 수 있다는 자신감이 솟구쳤다.

세상에는 유빈이 가지고 있는 신기한 능력이 없어도 영업왕 또는 영업의 신이라 불리는 사람들이 있었다.

그들에게 단 한 가지 공통점을 찾자면 모두 시련을 극복하고 성공했다는 사실이었다.

시련 없는 성과는 없다.

이렇게 생각하니 유빈은 지금의 시련이 오히려 달가웠다.

아직 어떤 내면의 힘을 이용해 시련을 극복해야 할지는 감이 오지 않았다. 하지만 오늘 상담이 예상보다 부진하다고 해도 내일이 또 있었다.

마음을 편하게 먹은 유빈이 활기차게 다시 홍보에 힘썼다.

저녁 여섯 시가 되자 첫날의 상담을 마무리했다.

아침부터 지금까지 상담받으러 온 학생이 열여덟 명.

적은 숫자는 아니었다. 하지만 기대에는 한참 미치지 못하는 숫자였다.

홍보를 위해 나눠 준 특별판과 상담받은 학생에게 나눠 준 부수를 빼도 아직 200부 정도가 남아 있었다.

"에고고, 힘들어라. 이 정도면 많이 온 거 아니에요? 전 아예 사람이 없을까 봐 걱정했는데. 그래도 유빈 씨가 준비한 잡지 덕분에 스무 명은 온 것 같아요."

평소 병원에서 진료 보는 환자 수가 평균 열 명이 안 되다 보니 김이진 원장은 힘들어하면서도 만족한 표정이었다.

워낙 꼼꼼하고 친절하게 답변을 해줬기 때문이었다.

오늘 상담을 받은 여대생은 대부분 병원에 꼭 가 보겠다는 약속을 하고 갔다.

그래서 유빈으로서는 더 아쉬움이 남았다.

김이진 원장에게 상담을 한 번 받아 보면 병원을 가지 않을 수가 없었다.

엄마 같은 포근함과 환자의 말을 경청하는 자세를 갖춘 의사가 몇이나 되겠는가.

산부인과는 한 번 의사가 마음에 들면 평생 주치의로 삼는 것이 일반적이었다.

일반적인 진료에서 임신 그리고 폐경까지.

여자의 일생을 함께하는 사람이 산부인과 의사였다.

내일은 어떻게든 오늘보다 많은 학생이 상담을 받으러 오게 만들어야 했다.

유빈은 원장과 이 간호사를 차로 데려다주고 다시 선덕여대로 향했다.

최은아가 홍보해 준 덕분에 상담받으러 온 학생이 많은 비율을 차지했다.

가서 파전과 막걸리라도 팔아주면서 고마움을 표시할 생각이었다.

"경영학과 주점으로 오세요! 양식 자격증이 있는 요리사가 만드는 요리입니다!"

"문제를 맞히시면 소주 한 병을 공짜로 드립니다. 정외과 주점입니다!"

오전에 다녀갔던 주점 거리가 아니었다.

같은 장소라고 믿어지지 않을 만큼 수많은 사람의 왁자지껄한 소리에 시끄러울 정도였다.

치파오로 복장을 통일한 중어중문학과 주점에는 중국요리와 고량주가 메뉴였다.

줄지어 서 있는 천막 중에서 가장 장사가 잘되는 곳은 의상디자인과 주점이었다.

노출이 많은 의상을 입은 팔등신 미녀들이 서빙을 하고 있으니 남자들의 발길이 자연스레 그쪽으로 향했다.

반면에 바로 옆에 있는 심리학과 주점은 상대적으로 초라해 보였다.

유빈은 의상디자인과 주점을 지나 심리학과 주점에 자리 잡았다.

"어서 오세요! 혼자 오셨어요?"

"네, 혹시 최은아 씨 있나요?"

"은아요? 은아 요리하고 있는데, 불러올까요?"

최은아를 찾는 유빈을 학생이 요리조리 살펴봤다. 잘생긴 남자라서 더 흥미가 갔다.

"아닙니다. 바쁜 모양인데 이따가 보죠."

"네, 그럼 뭐로 드릴까요?"

"음, 파전 하나하고 막걸리 한 병 주세요."

유빈은 아무 생각 없이 메뉴를 읊었다.

"네? 저희 주점에는 파전하고 막걸리는 안 파는데요."

서빙하는 학생이 상 위에 붙어 있는 메뉴판을 가리켰다.

유빈이 너무 당당하게 말한 나머지 당황하는 눈치였다.

"아, 미안해요. 잠시만요."

주점에 파전과 막걸리가 없다니!

속으로 구시렁거리며 메뉴판을 살폈다.

일단 메뉴 밑에 큰 글씨가 먼저 눈에 들어왔다.

'2만 원 이상 주문하시면 한 가지 고민에 대한 심리 상담을 해 드립니다.'

심리학과 학생들의 패기에 웃음이 나왔다.

심리학과 주점답게 메뉴도 심리학자 이름이었다.

스키너, 프로이트, 융, 아들러로 이름 붙여진 메뉴 밑에는 순서대로 치즈감자튀김, 족발, 퐁듀, 제육볶음이 쓰여 있었다.

'머리 좀 썼는걸.'

"그런데 아들러는 왜 제육볶음이에요? 오스트리아 사람인데."

유빈의 질문에 서빙하는 학생이 움찔했다. 뭔가 기대하는 표정이었다.

"그게 무슨 말씀 뜻인지 저한테만 작게 말해 주세요."

이건 또 무슨 시추에이션?

유빈은 하는 수 없이 학생의 귀에 속삭이듯 말했다.

"스키너는 미국 사람이라서 감자튀김이고, 프로이트는 오스트리아라서 족발 아니에요? 그 슈바인학센하고 비슷한.

그리고 융은 스위스 사람이라서 퐁듀고."

"정답입니다! 이벤트 당첨이에요!"

갑작스러운 학생의 행동에 주변에 앉아 있던 손님들과 심리학과 학생들도 고개를 돌렸다.

"여기 제육볶음 쿠폰입니다. 축제 기간 언제라도 사용할 수 있습니다."

"아, 고맙습니다."

얼떨결에 쿠폰을 받아 든 유빈이 감자튀김과 맥주를 시켰다.

곳곳에서 '이벤트가 있어?'라는 말이 들렸다.

"오빠! 그거 어떻게 알았어요? 오빠가 처음 맞춘 사람이에요!"

그제야 유빈을 확인한 최은아가 반갑게 다가왔다.

"은아야, 네 덕분에 살았다. 고마워."

"제가 뭘요? 그냥 친구들한테 이야기한 것뿐인데. 도움이 됐으면 다행이네요. 하아."

"왜 한숨이야? 힘들어?"

"아니요. 몸은 안 힘든데, 저기 좀 보세요. 옆에 주점에서 사람을 다 뺏어가서 자리가 텅텅 비어 있잖아요. 완전 반칙이에요. 모델까지 섭외하다니. 열심히 준비했는데 아쉬워서 그래요."

"내가 네 마음 이해한다. 나도 오늘 종일 그런 기분이었거든."

"히히, 어쨌든 약속 지켜 줘서 고마워요, 오빠. 친구들이 누구냐고 난리예요."

"그래서 뭐라고 했어?"

"이웃사촌이라고 했죠. 헤헤."

"내일은 원장님하고 간호사님하고 같이 올게. 매출 올려 줘야지."

"와, 정말요?"

"그런데 진짜로 심리상담 받는 사람이 있어?"

유빈이 메뉴판의 문구를 가리켰다.

"별로 없어요. 나름 머리를 짜내서 개발한 아이디어인데. 집적거리는 남자들만 몇 명 있었어요."

"그럼 내가 도와줄까?"

"네? 어떻게요?"

최은아와 이야기를 나눈 유빈이 메뉴판에 쓰여 있는 문구 '2만 원 이상 주문하시면 한 가지 고민에 대한 심리 상담을 해 드립니다'에서 심리 상담을 타로 리딩으로 바꿔 붙였다.

최은아의 친구들도 모두 좋은 생각이라며 동의했다.

"오빠, 타로도 볼 줄 알아요?"

유빈이 최은아를 향해 씨익 웃었다.

효과는 즉각적이었다.

요리를 깨작깨작 시키던 손님들이 2만 원 이상 주문하기 시작했다.

"오빠, 1번 테이블이요."

한쪽에 앉아 있던 유빈이 여자 둘이 있는 테이블에 다가갔다.

"안녕하세요. 어떤 분의 고민을 봐 드릴까요?"

타로점을 봐 주는 사람이 뜻밖에 남자, 그것도 잘생긴 남자가 나타나자 여자 손님이 부끄러워하면서도 좋아했다.

"얘가 볼 거예요."

"어떤 고민에 대해 듣고 싶으세요?"

"음, 연애운이요."

유빈이 능숙하게 카드를 셔플하고 펼쳤다. 누가 봐도 프로의 움직임이었다.

첫 타로 리딩이다 보니 손님이고 심리학과 학생들을 불문하고 관심이 유빈이 앉아 있는 테이블로 쏠렸다.

다이아몬드 형태로 스프레드를 한 유빈이 카드를 뒤집었다.

"음, 최근에 가까운 사람과 이별을 겪으셨군요."

"……헛 ……네."

첫 멘트에서부터 이미 게임 끝이었다.

유빈이 이별을 언급하자 두 여자는 정신없이 유빈의 리딩에 빠져들었다.

"이 카드는 계절의 변화를 의미하죠. 봄이 가면 여름이 오고 여름이 가면 가을이 오듯이. 당신에게 맞는 계절이 곧 올 겁니다. 헤어진 사람이 여름처럼 정열적이고 뜨거웠다면 곧 나타날 분은 가을처럼 차분할 겁니다."

"……대박."

여자의 헤어진 남자 친구가 전형적인 마초에 냄비 같은 스타일이었기 때문에 유빈의 비유와 딱 들어맞았다.

유빈의 리딩이 너무 잘 맞아떨어지자 친구도 다급하게 들이댔다.

"저기 죄송한데 저도 봐 주시면 안 될까요? 저도 궁금한 게 있는데."

"야, 잠깐만. 나 아직 안 끝났어. 한 가지만 더 물어볼게요."

"죄송합니다. 테이블당 한 가지 고민만 리딩해 드리기로 해서……."

유빈은 신비하게 보일 수 있게 일부러 말끝을 줄였다.

물론 다 연기였다.

"어디서 타로점 하세요? 제가 꼭 찾아갈게요!"

"음……. 내일 하루만 언어교육원 앞에 자리를 잡을 계획입니다. 더 물어보고 싶은 것은 내일 물어봐 주세요."

그야말로 윈윈이었다.

최은아의 이야기로는 여대생들은 타로나 사주팔자 같은 점에 사족을 못 쓴다고 했다.

엘싱글 특별판과 더불어 일일 타로점 집을 차리면 산부인과 상담 천막 쪽으로 사람들을 오게 할 수 있었다.

유빈이 테이블에서 일어나자 여자들의 반응을 본 다른 손님이 여기저기서 2만 원 이상을 주문했다.

유빈을 원하는 테이블이 많아지자 급조한 순서표까지 나눠 줘야 할 정도였다.

시간이 지나면서 소문을 듣고 옆에 있는 의상디자인과 주점에서도 하나둘씩 손님이 넘어오기 시작했다.

심지어는 서빙을 하던 모델도 유빈에게 타로점을 보기 위해 억지로 요리를 시킬 정도였다.

심리학과 학생들은 몰려오는 손님에 행복한 비명을 질렀다.

"지금 말한 전공 공부나 삶 자체에 대해서 무기력한 마음을 가지고 있군요. '죽음' 카드가 말해 주고 있습니다. 하지만 그다음 카드가 '달'이군요. 지금 가지고 있는 것들을 감사하고 수용할 때 다음 단계로 넘어갈 수 있다는 것을 잊지 마세요. 즉, 일단은 전공을 마무리하는 편이 좋을 것 같군요."

"아…… 감사합니다. 요즘 계속 고민하고 있었어요."

밤이 늦도록 타로 리딩은 이어졌다.

주점에 준비해 놓은 음식이 조기에 완판이 되어 버렸다. 손님들이 떠난 자리를 심리학과 학생들이 차지하고 있었다.

"오빠, 힘들지 않아요?"

최은아가 걱정스러운 표정으로 물었다. 자신 때문에 유빈이 고생하는 것 같았다.

"괜찮아."

"저도 내일은 오빠 하는 일 도울게요."

"나야 그럼 고맙지."

과연 내일 얼마나 사람이 올지 궁금했다.

오늘 상담을 받은 숫자로 봐서는 오십 명만 와도 성공한 것이었다.

"원장님, 피곤하지는 않으세요?"

"어제 오랜만에 푹 잤어요. 눕자마자 곯아떨어졌는데, 남편이 아침에 여편네가 뭔 코를 그렇게 심하게 고냐고 한마디 하더라고요. 호호."

다음 날 아침, 유빈은 전날과 마찬가지로 김이진 원장과 함께 선덕여대로 향했다.

"오늘은 조금 더 상담을 잘해 줄 수 있을 것 같아요."

긴장이 역력하던 어제와는 달리 김이진 원장은 신난 표정이었다.

병원 밖에서 젊은 학생들을 만나고 이야기를 나누는 일이 즐거운 모양이었다.

묻지도 않았는데 이런저런 이야기를 늘어놨다.

"어제 상담을 해 보니까 병원에 가 봐야 할 만한 학생도 산부인과가 무섭다고 가지를 않더라고요. 꼭 우리 병원에 안 오더라도 상담을 잘해서 진료를 받게 해야겠어요. 오늘은 정말 기대돼요."

가만히 듣고 있던 유빈이 흐뭇한 미소를 지었다.

역시 천생 의사였다.

이런 의사를 돕는다는 게 뿌듯했다.

유빈도 말은 안 꺼냈지만 내심 기대하고 있었다.

양복 안 주머니에 들어 있는 타로가 기대감의 근원이었다.

어제 주점에서 리딩해 준 사람의 반만 다시 온다 해도 스무 명은 충분히 넘길 수 있었다.

"다 왔습니다. 어라?"

"어, 여기 맞는데?"

유빈이 언어교육원 앞에 주차를 시키고 어제까지만 해도 천막이 있었던 자리로 걸어갔다.

특별판이 들어 있는 박스와 플래카드만 덩그러니 있고 천막이 보이지 않았다.

땡볕 아래서 상담을 하기도 힘들었지만, 상담의 특성상 열린 공간에서 진행하기는 불가능했다.

"어떻게 된 거예요?"

김이진 원장이 걱정스럽게 물었다.

"저도 잘 모르겠습니다."

유빈은 급하게 선덕여대 총학생회 임원 중 한 명에게 전화를 걸었다.

"네? 교직원들이요?"

통화를 해 보니 천막을 회수해 간 사람은 대학본부 교직원이었다.

학생회 임원도 이런 일은 처음이라고 얼떨떨해했다.

학생회에서도 당황스럽고 미리 연락이 간 줄 알았다고 했다.

ㅡ교무처장실에서 나온 교직원분이 산부인과 상담이 병원을 홍보하려는 영리적 목적이 분명한데, 비영리로 신고하고 운영했기 때문에 회수한다고 했어요. 뭔가 알고 온 듯한 느낌이었어요. 저희 쪽 말은 들어 보지도 않고요.

전화를 끊은 유빈의 표정이 굳어졌다.

아무리 생각해도 비정상적인 상황이었다.

학생회에서 해도 될 만한 일을 뭐가 급하다고 대학본부에서 직접 나와 천막까지 거둬 가다니.

무엇보다 당사자에게는 일절 연락도 없었다.

울상이 된 김이진 원장을 일단 안심시켜 놓고 유빈은 대학 본부로 움직였다.

소중한 시간이 계속 흘러가고 있었다. 한시가 급했다.

대학본부 앞에 도착한 유빈이 일단 마음을 가라앉히려 노력했다.

왜 교직원들이 직접 천막을 회수해 갔을까?

학생회의 이야기대로라면 어제 상담을 받은 학생 중 하나가 학교에 신고했다고 추측할 수 있었다.

정말 신고가 있었을까?

만약 내가 이대로 대학본부에 들어가서 따진다면 일이 해결될까?

혹시 신원조회라도 하지 않을까?

사랑산부인과 관계자가 아니라 제약 회사 직원이라는 사실이 밝혀진다면…….

마음이 가라앉기는커녕 혼란스럽고 복잡했다.

타로 리딩에서 나온 마지막 카드 '고위 여사제'가 가리키는 내면의 힘은 뭘까?

'탑' 카드가 암시했던 시련은 이미 현실이 되었지만, 해결책은 떠오르지 않았다.

'탑, 전차, 여사제. 탑, 전차, 여사제. 가만, 전차라…….'

유빈은 지금까지 '전차' 카드의 의미를 심각하게 생각하지 않았다.

그저 내면의 힘으로 자신감 있게 시련을 헤쳐 나가라는 암시에서 자신감 정도로 리딩했다.

'전차(The Chariot)' 카드 그림에는 전차를 끌고 있는 흑색과 백색 두 마리의 말이 그려져 있다. 서로 다른 방향으로 전차를 끌고 가려는 말은 경쟁, 라이벌의 의미를 지녔다.

그쪽에 초점을 맞추자 유빈의 머릿속에 떠오르는 사람들이 있었다.

최상렬과 최석원.

어디에 연결점이 있는지는 모르지만, 그들이 무언가 수를 썼다면 지금의 이상한 상황을 이해할 수 있었다.

유빈은 자신과 그들과의 차이점을 생각했다.

그들이 실적과 욕심에 의해 움직이는 사람들이라면 유빈에게 가장 중요한 것은 사람이었다.

누군가를 진심으로 돕는 영업. 유빈의 모토였다.

유빈은 누군가에게로 전화를 걸었다.

고원일은 언어교육원과 얼마 떨어지지 않은 장소에서 몰래 셔터를 눌렀다. 체념한 채 고개를 숙이고 있는 여원장과 간호사가 프레임 안에 들어왔다.

사진기에 잡힌 두 여자의 망연자실한 표정에 안타까운 마음이 들었다. 비록 돈을 받고 일하는 흥신소 직원이라지만 그도 사람이었다.

별별 의뢰 중에서도 이번 의뢰는 특이한 편이었다.

한 남자를 일과 시간 동안 따라다니며 무엇을 하는지 어느 병원에 들어가는지 일거수일투족을 보고해 달라는 의뢰였다.

종일 따라다니는 일이 보통 힘든 것은 아니었지만 그만큼 페이도 좋았다.

그에게 의뢰를 한 사람은 돈에 구애받지 않았다. 흥정도 하지 않고 회사에서 부른 금액을 그대로 받아들였다.

고원일은 한 달 정도 따라다니면서 자연스럽게 유빈의 일에 대해 알게 되었다.

매일 오전 여섯 시면 집에서 나와 '구'와 '동'을 넘나들며 병원을 돌아다니는 유빈이 처음에는 짜증이 났다.

고원일도 마찬가지로 유빈이 나오는 시간에 맞춰 출근하기를 기다려야 했다. 그리고 운전하는 유빈을 쫓아가기 위해

서 곡예 운전도 몇 번 해야 했기 때문이었다. 하지만 시간이
지날수록 열심히 일하는 젊은 친구가 대단해 보였다.

속으로는 유빈이 하는 일이 잘되기를 바라기도 했다. 하지
만 어쩌겠는가.

그 역시 가족을 먹여 살려야 하는 가장이었다.

저기 있는 여원장도, 그동안의 노력이 물거품이 된 유빈도
불쌍하지만 도와줄 수는 없었다.

고원일은 슬슬 철수 준비를 했다. 이제 최석원에게 보고할
일만 남았다.

입맛은 씁쓸했지만, 이로써 이번 일도 대충 마무리될 것
같았다.

하지만 최석원에게 전화한 고원일의 인상이 찌푸려졌다.

지금까지의 상황을 보고했지만, 의뢰자는 더 확실한 결과
를 원했다. 여대에서 완전히 철수할 때까지 자리를 지키라는
말이었다.

구시렁거리며 어쩔 수 없이 고원일도 이동하는 유빈의 뒤
를 따랐다.

어디로 가야 할지 몰라 헤매던 유빈은 최은아에게 도움을

요청했다.

사정을 듣고는 만사 제쳐 놓고 달려온 최은아와 대학본부의 행정실로 향했다.

엘리베이터로 4층에 도착한 유빈은 차가운 복도를 지나 목적지로 들어갔다.

"어떻게 오셨습니까?"

문을 열고 들어온 젊은 남자를 보고 교직원이 의아한 표정으로 물었다.

여대이기 때문에 당연한 반응이었다.

"안녕하세요. 사랑산부인과에서 왔습니다."

"사랑산부인과요?"

"축제 동안 무료로 산부인과 상담을 해 주고 있습니다."

"아……."

응대하던 교직원이 다른 교직원의 눈치를 슬쩍 살폈다.

행정실 안의 공기가 순식간에 변했다.

"그런데 무슨 일이시죠?"

교직원의 목소리가 처음보다 경직되었다.

"상담이 어제 잘 진행이 되었고 오늘도 상담해 주러 왔는데 교직원분들이 상담 천막을 회수해 갔다고 학생회에 학생에게서 들었습니다."

"아, 그게 신고가 들어와서요. 상담 후에 병원 홍보를 했다고 들었습니다."

"병원 홍보라고요?"

"네. 상담해 주시는 분이 마지막에 병원 이름과 위치를 설명해 줬다고 하더군요. 저희는 절차대로 했을 뿐입니다."

"지금 상담을 해 주시는 원장님은 선덕여대 근처에서 20년 넘게 병원을 운영해 오고 있습니다. 이번에 선덕여대에서 축제가 있다는 말을 들으시고 이틀간 병원 문도 닫고 재능 기부를 하러 오셨는데 이게 무슨 날벼락 같은 소리인지 모르겠군요."

"음……. 저희는 신고가 들어와서 절차대로 했을 뿐입니다."

유빈은 대답하는 교직원의 오라를 살폈다.

태도만으로도 떳떳하지 못하다는 티가 났지만, 오라로 보니 더욱 확실했다.

붉고 탁한 오라가 심하게 요동치고 있었다.

'거짓말.'

"신고가 들어왔다 하더라도 당사자에게 일절 연락도 없고 설명도 없이 천막을 회수한 건 어떻게 설명할 겁니까?"

"…….."

"거의 명예훼손이나 다름없군요."

"하지만 신고가……."

교직원은 할 말이 없는지 앵무새처럼 같은 말만 반복했다.

"저기, 잠깐만요. 제 친구들도 어제 상담을 받았는데 병원 홍보는 못 들었다고 하던데요?"

보다 못한 최은아가 시의적절하게 끼어들었다.

"⋯⋯우리 학교 학생인가요?"

"심리학과 학생입니다. 지금이라도 상담받은 친구들을 불러올까요? 한 사람의 신고보다 여러 사람의 증언이 맞겠죠? 그 한 사람이 실제로 있는지도 의심스럽지만⋯⋯."

"학생, 말조심하세요! 우리가 거짓말이라도 한다는 말입니까?"

발끈한 교직원이 큰 소리를 냈다. 학생이라는 말에 더 세게 나가는 모양새였다.

"아닌가요?"

최은아를 가로막은 유빈이 차가운 눈초리로 직원과 마주했다.

"천막 다시 설치해 주시죠."

"⋯⋯안 됩니다."

"왜죠?"

"그건⋯⋯."

유빈은 상황 설명과 최은아의 도움이라면 잘 해결이 될 것으로 생각했다.

정상적인 사고를 하는 사람이라면 자신들의 잘못 또는 실수를 인정할 만한 상황이었다.

하지만 교직원들은 그렇게 행동하지 않았다.

유빈은 교직원의 오라가 교무처장실로 향해 있는 것을 보았다.

"말이 안 통하는군요. 책임자가 누굽니까? 천막을 회수하라는 결정을 내린 분과 직접 이야기하고 싶습니다."

"지금은 축제 기간이라 아무도 안 계십니다. 그리고 다시한 번 말씀드리지만, 저희는 절차에 따라 규칙을 준수한 겁니다. 그만 돌아가십시오, 아니면 청원경찰을 부르겠습니다."

교직원이 단호하게 나왔다.

교무처장 직무실의 문은 닫혀 있었지만, 유빈은 안에서 사람의 오라를 느낄 수 있었다.

교직원의 반응으로 봐서 명령을 내린 사람은 교무처장이분명했다.

말이 통하는 사람들이었다면 유빈도 설득하려고 했다. 하지만 직장에서 높은 자리에 앉아 있는 사람의 명령은 세상의상식을 무색하게 했다.

어차피 명령을 받고 행동하는 사람들.

이 사람들하고 쓸데없이 실랑이할 필요가 없었다.

잠깐 생각을 정리한 유빈이 교무처장실을 향해 거침없이걸어갔다.

"아니, 이봐요! 지금 아무도 안 계신다니까요!"

화들짝 놀란 교직원 둘이 유빈의 양팔을 잡았다.

하지만 소용없는 짓이었다.

장정 둘이 유빈에게 질질 끌려갔다.

"어어, 그 사람 막아요!"

교직원의 다급한 외침에 다른 교직원이 문 앞을 가로막았다.

유빈은 지금의 상황이 왠지 '전차' 카드의 그림과 비슷하다는 생각을 했다.

전차를 이끌어 가는 전사와 두 마리의 말.

다만, 지금은 전사가 말 두 마리를 끌고 가는 모습이었다.

'설마 이거까지 암시한 건 아니겠지.'

"아무도 없다면서 왜 이렇게 필사적으로 막는 거죠?"

"이봐요! 이렇게 막무가내로 나오면 같이 온 여학생한테 안 좋을 수 있어요!"

유빈에게 말이 통하지 않자 자기들이 영향력을 행사할 수 있는 최은아를 걸고넘어졌다.

교직원의 말에 유빈의 발걸음이 멈췄다.

설마 학생에게 뭘 어떻게 하겠느냐는 생각이 들었지만 작은 확률이라도 최은아에게 불이익이 가게 할 수는 없었다.

안 그래도 취직이 어려운 요즘 같은 세상에 조금이라도 흠집을 만들어서는 안 되었다. 기우일지라도 조심스러워질 수밖에 없었다.

유빈이 멈추자 무슨 괴물이라도 보는 양 교직원들은 땀을 뻘뻘 흘리며 고개를 저었다.

"……알겠습니다. 그럼 교무처장님 오실 때까지 기다려 보죠. 실례했습니다."

걱정스럽게 바라보는 최은아에게 안심하라는 미소를 보내며 같이 행정실 밖으로 나왔다.

교무처장이 안에 있다는 사실을 알고 있기 때문에 그가 나올 때까지 기다릴 수밖에 없었다.

하지만 문제는 시간이었다.

상담할 수 있는 시간이 점점 줄어들고 있었다.

원장을 무작정 기다리게 할 수도 없었다.

축제에서 상담은 유빈이 한 달 내내 준비했던 사랑산부인과 프로젝트의 하이라이트였다.

홈페이지도, 인테리어도 학생들이 산부인과를 인지하고 와 줘야 빛을 발할 수 있었다.

누군가 방해를 하려고 마음을 먹었다면 알고 했는지는 모르지만, 급소를 공략한 것이나 다름없었다.

위기를 극복하기 위한 유빈의 고민이 깊어졌다.

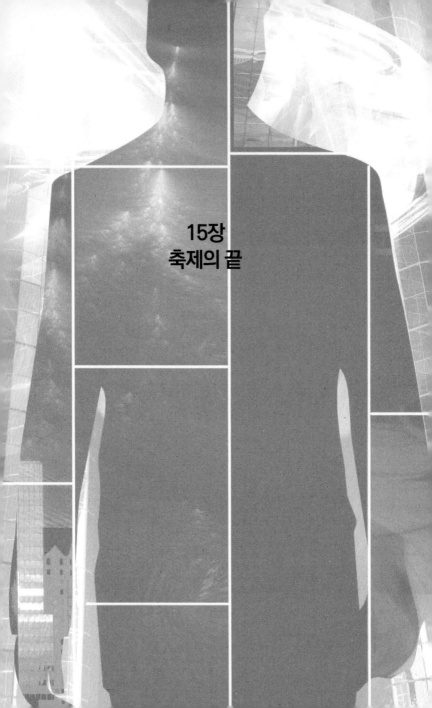

15장
축제의 끝

삼십 분이 지나도록 행정실에서는 개미 한 마리 나오지 않았다.

화장실에 갈 만도 한데 나오는 사람이 없는 걸 보니 유빈이 밖에서 기다린다는 사실을 아는 모양이었다.

이렇게 무작정 기다릴 수는 없었다.

표현은 안 했지만, 사실 유빈도 어떻게 해야 할지 막막했다. 모든 게 새로운 시도이다 보니 한 가지도 쉽게 넘어가지 않았다.

'내가 왜 이렇게까지 해야 하나' 하는 자조적인 생각마저도 잠시 들었다.

A급 병원만 잘 공략해도 베스트 MR이 될 자신이 있었다.

그런데도 처음 와 본 여대 안에서 이러고 있는 자신이 이상하게 느껴졌다.

사람 위주의 영업이라는 게 알고는 있었지만, 정말 쉽지 않았다.

힘든 마음에 잠깐 안 좋은 생각이 들었지만 그렇다고 포기할 생각은 없었다.

단지, 김이진 원장 때문만은 아니었다.

유빈에게 사랑산부인과는 시작점, 아니, 기폭제였다.

사랑산부인과가 성공한다면 유빈은 도봉구 의사회에서 김이진 원장이 발표할 수 있는 자리를 마련할 생각이었다.

유빈이 생각한 도봉구 의사회는 A급 병원을 제외한 C급 병원 위주의 모임으로 진행할 예정이었다.

김이진 원장이 성공담을 발표한다면 비슷한 처지에 있는 다른 원장들도 희망을 품을 수 있었다.

주변에 여대가 다 있는 것은 아니지만, 경로원을 방문해서 폐경 상담을 해줘도 되고 산후조리원에 가서 피임 상담을 해줘도 됐다.

그러기 위해서는 일단 사랑산부인과가 성공한 케이스를 보여 줘야 했다.

계획을 생각하며 마음을 다잡은 유빈이 벌떡 일어섰다.

'억지로 문을 열 수 없다면 스스로 문을 열고 나오게 만들

어야지.'

"은아야, 일단 나가자. 총학생회에 가 봐야겠어."

"네? 총학생회요?"

"무작정 총장님을 만나러 갈 수는 없잖아. 교무처장처럼 못 만나게 하겠지."

"총장님을 만난다고요?"

"원래 높은 자리에 있는 사람은 더 높은 자리에 있는 사람 한테 약한 법이거든."

대학교에서 교무처장보다 높은 사람은 총장뿐이었다.

아직은 추측이지만 최상렬 또는 최석원 그리고 교무처장 사이에 커넥션이 있다면 유일하게 일을 바로잡을 수 있는 사 람이 총장이었다.

유빈이 조금 전에 스마트폰으로 검색한 선덕여대 총장의 프로필을 떠올렸다.

이용순 총장.

여자 총장으로 교육학을 전공하고 교수로 임용된 후, 학교 요직을 골고루 거치고 총장까지 당선되었다.

일단 낙하산이 아니어서 마음에 들었다.

게다가 여성이니 산부인과 상담에 대해서도 긍정적으로 생각할 확률이 높았다.

"어떻게 하려고요?"

"사실, 나도 몰라. 하하. 그래도 일단 부딪혀 봐야지. 총장님을 만날 수 있길 바랄 뿐이다."

유빈도 속으로는 막막했다. 준비한 모든 것이 물거품이 될 수도 있었다.

그래도 최은아를 향해서 웃었다. 그녀에게 불안감을 들키고 싶지는 않았다.

최은아가 웃고 있는 유빈을 곁눈질했다.

일면식도 없는 총장을 찾아가려는 이 남자가 그저 신기할 뿐이었다. 어디서 저런 자신감이 나오는지 하나도 긴장하지 않은 얼굴이었다.

커피숍에서 처음 봤을 때는 외모에 반했지만, 조금씩 알게 될수록 양파 같은 매력이 있는 남자였다.

무엇보다 자기 일에 온 힘을 다하는 모습이 멋져 보였다.

총학생회 임원 중 한 명과 미리 통화한 유빈은 최은아를 언어교육원 앞에 내려놓고 바로 총학생회실로 향했다.

"그러니까 총장님과 면담 요청을 해달라는 말씀이세요?"

"네, 총학생회라면 가능하지 않나요?"

"그게, 가능은 하지만……."

아무래도 망설일 수밖에 없었다.

등록금 등의 굵직한 문제로 면담을 요청한 적은 있지만,

축제 행사 그것도 하나의 천막 문제로 요청하기에는 명분이
부족했다.

게다가 여학생은 축제 진행 요원이기는 하지만 총장과 만
난 적은 없었다.

"무슨 일이야?"

이야기하고 있는 학생보다 선배인 듯한 여학생이 총학생
회실로 들어왔다.

"아, 언니. 축제 행사 중 한 군데에 문제가 생겨서요. 그
왜 있잖아요. 산부인과 천막. 관련해서 이분이 총장님을 뵙
고 말씀드리고 싶다고 하시네요."

"총장님을?"

여학생이 놀라며 유빈을 쳐다봤다. 그런데 유빈의 얼굴을
본 학생의 반응이 이상했다.

"어? 어라. 저, 혹시 어제 주점에서 타로 봐주던 분 아니
세요?"

"네. 맞습니다."

"우와, 정말이네. 어제 정말 좋은 조언 해주셔서 감사했어
요. 곧 귀인이 나타나서 나침반을 줄 거라고 하신 말씀이 밤
새 떠오르더라고요."

"아, 어제 진로에 관해서 물어봤던 그 학생이군요. 기억이
납니다."

다른 사람에 비해 큰 반응 없이 진로에 대해 진지하게 묻던 학생이었다. 처음에는 재미로 보는 것 같았지만 리딩이 끝날 무렵에는 누구보다 진지한 얼굴로 바뀐 것 때문에 바로 기억이 났다.

우연인지 인연인지.

어제 타로를 봐 줬던 학생 중 하나가 총학생회 임원, 그것도 부학생회장이었다.

"제가 한번 총장실에 연락해 볼게요. 학기 초에도 뵀으니까 거절은 안 하실 거예요."

역시 사람은 남을 돕고 살아야 도움도 받을 수 있다는 생각이 들었다. 이렇게 도움을 받을 거라고는 꿈에도 생각 못 한 유빈이었다.

옆에서 통화하고 온 부학생회장이 고개를 끄덕였다.

"만나 주신데요. 저녁에 약속이 있으셔서 지금 바로 가야 할 것 같아요."

"정말 고마워요. 번거로울 텐데……."

"전혀요. 저도 행정실에서 말도 없이 천막을 회수해 가서 따지려던 참이었어요."

당찬 부학생회장이 힘을 실어줬다.

유빈은 어렵사리 만난 이용순 총장에게 차분히 상황을 설명했다.

그녀는 총장이라는 높은 자리에 있지만, 아들뻘밖에 되지 않는 사람에게도 예의를 잃지 않았다. 그러면서도 성급하게 판단하지 않고 말 하나하나에 귀 기울여 듣는 모습에 저절로 고개가 끄덕여졌다.

유빈의 이야기가 끝나기를 기다린 총장은 양해를 구하고 자리를 옮겨 어딘가로 전화를 걸었다.

총장이 멀어진 사이에 유빈이 부학생회장에게 다시 한 번 감사의 인사를 건넸다.

"아니에요. 저도 이야기를 다시 들어 보니까 황당하네요."

대답하면서도 부학생회장은 멀찌감치 떨어져서 통화하고 있는 총장에게서 시선을 떼지 못했다.

"왜 그래요?"

"아, 총장님이 요즘 스트레스를 많이 받으셨나 봐요. 학기 초에만 해도 날씬하셨는데…… 몇 개월 만에 살이 많이 찌셨네요. 얼굴에 여드름도 나시고…… ."

그녀의 말에 유빈도 총장을 바라봤다.

오라에는 별문제가 없어 보였다.

흔들림도 잔잔하고 색상도 밝았다. 다만 파장의 폭이 보통 사람보다 좁았다.

건강한 사람에게서는 몸 전체를 감싸는 두꺼운 오라의 파장을 볼 수 있었다.

유빈은 꾸준한 수련으로 전생만큼은 아니지만. 오라를 해석하는 능력이 날이 갈수록 발전하고 있었다.

움직임과 색상이 감정의 변화와 관련이 있다면 폭은 몸 상태와 연관이 있었다.

'건강이 안 좋은가 본데.'

유빈이 총장실을 훑어보며 스늅핑을 했다.

건강이 좋지 않다면 약이라던가 비타민 등이 발견될 확률이 높았다.

수련으로 보통 사람과 비교할 수 없는 시력을 소유하게 된 유빈의 눈에 책상 위에 놓여 있는 하얀색 플라스틱 조각이 들어왔다.

표면이 볼록하게 튀어나온 플라스틱 조각은 아니나 다를까 약 포장이었다.

'무슨 약이지.'

시력을 조금 더 돋우자 포장 위에 새겨져 있는 작은 글씨를 읽을 수 있었다.

"로……아……큐……탄…… 로아큐탄…… 로아큐탄?"

로아큐탄이라면 피부과에서 처방하는 여드름 약이었다. 효과는 좋지만, 부작용도 만만치 않아 장기 복용할 때 주의해야 했다.

갑작스러운 비만과 여드름.

유빈의 머리에 떠오르는 질병이 있었다.

마침 통화를 마친 이용순 총장이 다시 소파에 앉았다.

"통화가 길어졌네요. 김유빈 씨라고 했죠? 김유빈 씨 말만 듣고 판단할 수가 없어서 행정실에 전화해 봤습니다. 우선 학교 직원들이 절차를 제대로 밟지 못한 점은 사과드리겠습니다."

사과를 바라는 것은 아니었지만, 총장의 진심 어린 태도에 유빈도 같이 고개를 숙였다.

"안타깝지만, 신고가 들어온 것도 사실이라고 하니 천막을 재설치하기는 힘들 것 같습니다. 영리적 목적과 비영리적 목적의 행사는 구분이 뚜렷해야 합니다. 오해를 살 수 있는 부분이 있는 경우에는 영리적 목적으로 신청하는 것이 맞습니다."

역시나. 총장 입장에서는 자기 학교 직원을 믿을 수밖에 없었다.

옆에서 듣고 있던 부학생회장도 총장의 논리에는 반박하지 못했다. 어떻게든 유빈을 도와주려고 했지만 더는 힘든 상황이었다.

"……알겠습니다. 그럼 어쩔 수 없네요."

유빈이 뜻밖에 깔끔하게 받아들이자 오히려 총장이 의아하게 쳐다봤다.

행정실을 거쳐 총장실에까지 면담을 요청했으면 사과를 한다 해도 반발할 거로 생각했다.

"총장님께서 이렇게까지 말씀하시는데 더 이야기해 봤자 소용이 없을 것 같습니다. 이야기 들어주셔서 감사합니다."

"도와주지 못해서 미안합니다."

유빈이 자리에서 일어났다.

"그런데 총장님, 병원에 한 번 가 보시는 게 좋을 것 같습니다."

"네? 병원이요?"

"혹시 요즘 머리카락이 많이 빠지지는 않으세요?"

이어지는 유빈의 뜬금없는 질문에 내내 침착했던 총장의 눈썹이 꿈틀거렸다.

"왜 그러시죠? 어디 떨어진 머리카락이라도 있나요?"

"아니요. 제가 산부인과에서 일하다 보니 주워들은 게 있어서요. 아무튼, 병원에 꼭 가보시길 바랍니다."

궁금하게 만들어 놓고 유빈은 자리를 뜨려 했다.

"잠깐만요. 무슨 말씀인지 정확하게 해주셔야죠."

총장의 말에 지금까지와는 다른 다급함이 배어 있었다. 유빈의 질문이 그녀의 관심을 끌어낸 것은 확실했다.

핫 버튼(Hot Button).

유빈이 건드린 것은 바로 총장의 핫 버튼이었다.

의사가 약을 처방할 때 가장 중요하게 생각하는 것. 고객이 물건을 살 때 결정적으로 고려하는 것.

핫 버튼은 사람의 마음을 움직일 수 있는 핵심이었다.

유빈은 스눕핑과 관찰을 통해 총장의 핫 버튼을 추측할 수 있었다.

바로 외모였다.

나이에 비해 동안으로 보이던 외모가 몇 개월 만에 변해 버린 것이다. 살이 찌고 여드름이 나고 머리가 빠지고 게다가 원인은 정확히 모르고.

나이가 들어도 여자는 여자다.

몇 개월 동안 아마 죽을 맛이었을 것이다.

유빈은 총장이 로아큐탄을 먹는 걸 보면서 증상의 원인을 모르고 있다는 사실을 알았다.

게다가 그녀는 대외적으로 많은 사람을 만나야 하는 위치였다.

총장은 뭐가 문제인 것을 아는 듯한 뉘앙스로 말하는 유빈을 잡을 수밖에 없었다.

"요즘 많이 먹지도 않는데 갑자기 살이 찌고 안 나던 여드름이 나시죠. 머리카락도 평소보다 많이 빠지는 것 같고요."

"……맞아요. 어떻게 그렇게 잘 알죠?"

"피부과에서 처방받은 약은 여드름은 줄어들겠지만 아무리 먹어도 근본적인 치료는 안 되실 겁니다."

"……그런가요? 그럼 무슨 과 진료를 받아야 하죠?"

유빈이 로아큐탄을 봤을 거라고는 꿈에도 생각하지 못한 총장이 심각하게 물었다.

"산부인과입니다."

"산부인과요? 왜죠?"

이용순 총장의 목소리가 잦아들었다. 슬쩍 부학생회장을 쳐다보는 것을 보니 지금 하는 대화가 껄끄러운 모양이었다.

이용순 총장은 독신이었다.

쉰 살이 훌쩍 넘었지만, 산부인과는 그녀에게 미지의 영역이었다.

한 번쯤 산부인과 검진을 받아야 한다고 생각은 했지만, 사회적 지위가 높아질수록 사람들의 시선이 신경 쓰여 가지 못했다.

시시각각 변하는 총장의 표정으로 유빈은 그녀가 무슨 생각을 하는지 대략 알 수 있었다.

"총장님도 산부인과에서 상담받는 일을 꺼리시는데 선덕

여대 여학생처럼 젊은 친구들은 어떻겠습니까? 꼭 필요한 검진을 남의 시선 때문에 못 가는 친구들이 많습니다. 그런 연유로 저희 원장님께서 진료도 접고 무료 상담을 나온 것입니다."

"……."

총장의 눈동자가 흔들렸다.

"상담 천막은 회수해 갔지만, 원장님은 아직 저를 기다리고 계십니다. 한번 만나 보시고 이야기를 들어 보시는 게 어떠세요?"

"……그게, 그래도 될까요?"

"예전의 모습으로 돌아가시고 싶으시면 용기를 내셔야 합니다."

고민하던 총장이 예전의 모습이라는 말에 고개를 끄덕였다.

김이진 원장을 총장실로 모시고 올 수도 있었지만, 유빈은 그렇게 하지 않았다.

보여 주고 싶은 것도 있었고 이용순 총장의 의지가 얼마나 강한지 재차 확인해 볼 생각이었다.

다행히도 그녀는 순순히 유빈의 차에 몸을 실었다.

수행하려던 비서도 뿌리치고 혼자서 차에 탄 총장의 얼굴은 긴장한 탓에 창백해 보일 정도였다.

"생각해 보니 산부인과 상담은 꼭 천막이 있어야겠군요."

창밖의 캠퍼스를 말없이 바라보던 총장이 혼잣말처럼 입을 열었다. 본인이 상담받는 입장이 되자 이해가 되는 모양이었다.

"네, 맞습니다. 햇볕도 뜨겁지만, 그보다는 사람들의 시선이 더 따갑죠. 휑하니 뚫린 공간에서 상담을 진행한다면 아무도 안 올 겁니다."

"그렇겠네요……."

언어교육원 앞 잔디밭은 여전히 한산했다.

덩그러니 놓여 있는 종이 박스 위에 원장과 이 간호사가 힘없이 앉아 있었다.

그 모습이 쓸쓸해 보여 얼마 남지 않은 거리지만 액셀을 세게 밟았다.

언어교육원에서 대학본부 행정실 그리고 총학생회실, 다시 총장실로 종횡무진으로 움직인 유빈에게는 긴 시간처럼 느껴졌지만, 다행히 실제로 흐른 시간은 길지 않았다.

"원장님."

"아, 유빈 씨! 어떻게 됐어요? 잘 해결됐어요?"

기다리다 지쳐가던 김이진 원장은 반가운 표정을 숨기지 못했다.

"그게…… 아직 모릅니다."

"네?"

"원장님, 모든 일은 원장님에게 달려 있습니다."

"네?"

유빈이 계속 모를 말만 하자 김이진 원장은 도대체 무슨 소리냐는 표정이 되었다.

"원장님, 저기 저와 같이 온 분부터 상담해 주시겠어요? 증상을 들어 보니까 PCOS(다낭성 난소 증후군) 같아서요."

PCOS는 가임기 여성 중 10%가 앓는 것으로 추정되는 흔한 질병이다. 생리 불순이나 무월경이 주 증상이며 남성호르몬이 증가되어 탈모, 여드름 등의 증상도 나타날 수 있다.

나이가 들수록 병에 걸릴 가능성이 줄어들기는 하지만 진단이 어려워지는 경향이 있다.

유빈이 차 옆에 쭈뼛거리며 서 있는 이용순 총장을 가리켰다.

다른 의사였으면 지금처럼 병명을 이야기하지 않았겠지만, 김이진 원장과 유빈은 단순한 의사와 MR 사이가 아니었다.

그야말로 서로에 대한 신뢰가 남달랐기 때문에 거리낌 없이 의견을 말한 것이었다.

"PCOS? 알겠어요. 제가 한 번 상담해 볼게요."

김이진 원장은 상담 천막 건이 어떻게 됐는지 궁금했을 텐데도 환자 같다는 말에 바로 눈빛이 달라졌다.

"원장님, 그냥 평소처럼만 상담해 주시면 됩니다."

유빈은 김이진 원장을 믿었다.

모든 해결의 열쇠는 그녀가 가지고 있었다.

유빈이 다시 총장에게 다가갔다.

"총장님, 저분이 김이진 원장님입니다. 제가 일부러 총장님이라고 말씀드리지 않았으니 편하게 상담받으세요."

여전히 주변을 신경 쓰던 이용순 총장은 주변에 사람이 거의 다니지 않자 그나마 안심이 되는 모양이었다.

"알겠어요. 배려해 줘서 고마워요."

유빈에게 눈인사한 총장이 기대와 긴장을 동시에 안고 김이진 원장과 인사를 나눴다.

"앉을 데가 마땅치는 않지만 일단 박스 위에라도 앉으세요. 증상을 한번 들어 볼까요?"

유빈은 멀찌감치 떨어져서 두 사람을 지켜봤다.

김이진 원장이 진료 가운을 입고 있지 않았기 때문에 모르는 사람이 보면 동네 아주머니 둘이서 대화를 나누는 모습이었다.

연배가 비슷해서일까. 코드가 맞아서일까.

굳은 표정으로 진지하게 이야기를 듣던 총장의 얼굴이 점점 펴졌다.

어떤 때는 격렬히 고개를 끄덕이고 적극적으로 이야기도 했다. 김이진 원장이 무슨 농담을 했는지 웃기까지 했다.

옆에서 보조하던 이 간호사가 혈압 측정기를 꺼냈다.

아무래도 상담이 금방 끝날 것 같지는 않았다.

유빈은 그제야 안도한 표정으로 시선을 돌렸다. 우선 확인해 봐야 할 일이 한 가지 있었다.

'뭐가 어떻게 돌아가는 거지? 저 여자는 또 누구야?'

고원일은 죽을 맛이었다.

홍길동처럼 여기저기 왔다 갔다 하는 유빈을 들키지 않게 미행하는 일은 쉽지 않았다.

게다가 움직일 때마다 파트너가 바뀌었다.

처음에는 여학생이었고 그다음에는 다른 여학생, 이제는 중년의 아줌마였다.

그들의 정체를 알 수 없는 고원일은 최석원에게 보고하기가 난감할 따름이었다.

어쨌든 유빈과 대학본부에서 나온 여자가 산부인과 원장

에게 상담을 받는 것 같았다.

상황이 이해는 안 되었지만 일단 그는 카메라 셔터를 열심히 눌렀다.

"흐억!"

사진을 찍는 데 열중하던 고원일이 혼비백산하며 자기도 모르게 비명을 질렀다.

셔터를 누르던 그의 손이 허공에서 헛손질하고 있었다. 누군가 사진기를 순식간에 낚아채 뺏은 것이었다.

빼앗은 사람은 사진기의 화면을 태연히 들여다보고 있었다.

물건을 빼앗겼으니 고원일은 되찾으려 손을 뻗었다. 하지만 유빈은 사진기 화면에서 눈을 떼지도 않고 가볍게 고원일의 손목을 뒤틀어 버렸다.

"킥!"

놀람에 가까웠던 아까의 비명과 달리 이번에는 고통의 비명이었다.

어쩌니 힘이 좋은지 고원일은 마치 손목 전체가 떨어져 나가는 듯한 기분이 들었다.

고원일이 이를 악물고 발을 사용해 유빈을 공격하려던 순간, 냉골처럼 차가운 유빈의 눈과 시선이 마주쳤다.

"……!"

완력으로 카메라만 되찾고 도망치려던 생각은 순식간에 사라졌다. 힘으로는 도저히 어떻게 해볼 수 있는 상대가 아니었다.

이쪽 계통에서 오래 구르다 보면 자연스레 파악할 수 있는 감이었다.

고원일은 바로 꼬리를 내렸다.

"아니, 저…… 오해가…… 있는 모양인데……."

유빈이 다시 카메라 속 사진만 보고 있자 고원일이 겨우 입을 열었다.

카메라 화면에는 써니힐병원에서 만났던 시위녀의 모습이 찍혀 있었다.

모든 걸 확인한 유빈이 고개를 들었다.

"최상렬이 고용했나요? 아니면 최석원? ……최석원이군요."

고원일의 표정이 경직되었다. 유빈은 남자의 오라로 최석원이 배후임을 알 수 있었다.

이제야 모든 상황을 이해할 수 있었다.

사람을 붙여 놓다니…….

그들은 도매상을 조정하고 병원에 시위녀를 보내고 학교 행사인 산부인과 상담까지 방해했다.

도저히 용서할 수가 없는 사람들이었다.

"흥신소에서 나왔나요? 동의 없이 사진 찍는 건 불법이라는 거 알죠?"

유빈의 목소리가 스산했다.

"……죄송합니다."

고원일이 고개를 푹 숙였다.

증거가 버젓이 상대방의 손에 있는 이상 변명할 거리도 없었다. 십 년 넘게 이쪽 세계에 몸을 담아 왔지만, 처음으로 제대로 걸린 참이었다.

"일단 사진은 제 메일로 보내겠습니다. 보니까 사진기에서 메일을 보낼 수 있네요. 그리고 선택하세요."

"그게…… 무슨 선택을……?"

"경찰서 가실래요? 아니면 내 말대로 할래요?"

잔뜩 얼어붙은 고원일의 시선에 하얗게 웃는 유빈의 얼굴이 무시무시하게 들어왔다.

"혈압이 아주 높지는 않지만, 정상 범위보다 높은 편이에요."

김이진 원장이 부드럽게 이야기했다.

이용순 총장은 혈압에 대해서는 알고 있었는지 아무 말 없이 고개를 끄덕였다.

정확한 진단은 받아 봐야 했지만, 증상으로 봐서는 PCOS라는 병이 유력하다는 김이진 원장의 말에 오히려 안심되었다. 원인만 알면 고치면 됐다.

혼자 힘으로 총장까지 된 그녀였다. 병 하나쯤은 고칠 수 있는 자신이 있었다.

"PCOS가 진행되면 고혈압이나 당뇨로 진행될 수 있어요. 다행히 병은 초기인 것 같으니 병원에서 꾸준히 치료하면 좋아질 겁니다."

"고맙습니다, 원장님. 한결 마음이 편하네요."

"병원에 가실 거죠?"

"그럼요. 원장님 같은 분이 의사 선생님이라면 걱정 안 할 것 같아요."

몇 분 이야기하지 않았지만, 김이진 원장이 단단히 마음에 든 총장이었다.

"제가 여기서 학생들을 만나 보니까 산부인과를 막연히 무서워하는 친구들이 많더라고요. 몇몇은 병원으로 바로 데려갔으면 하는 친구도 있었고요. 초기에 치료만 하면 문제가 없는 병을 진료를 안 받아서 심각해지면 너무 안타깝잖아요."

"……그렇죠."

이용순 총장은 여대 총장으로서 학생들을 위해 뭘 할 수 있을까, 뭐가 도움 될까 늘 고민해 왔다.

김이진 원장의 말을 들어 보니 느껴지는 바가 있었다.

자신도 젊은 날에 김이진 원장 같은 의사를 만났으면 오십 년이 넘도록 산부인과를 꺼리는 일은 없었을 거라는 생각이 들었다.

"에고, 제가 안타깝다 보니 상관도 없는 분한테 넋두리했네요. 상담은 여기까지입니다. 이른 시일 안에 병원에 가 보시기 바랍니다."

"고맙습니다. 원장님. 그런데 병원이 어디죠?"

"저도 말씀드리고 싶은데 병원 홍보는 하면 안 돼요. 그래도 힌트라도 드리자면 선덕여대에서 가장 가까이 있는 병원이에요. 호호."

"괜찮아요. 제가 여기 학생도 아닌데요."

"꼭 제 병원에 안 오셔도 돼요. 도봉구에 병원 많으니까 검색해 보시고 찾아가 보세요."

"……알겠습니다."

진실 된 김이진 원장의 말에 총장이 고개를 숙이고 일어났다. 누가 시켜서 하는 행동이 아니라는 것쯤은 알 수 있었다.

총장이 자리에서 일어나자 유빈이 다가왔다.

"대학본부까지 모셔다 드리겠습니다. 원장님, 금방 다녀

오겠습니다.”

이용순 총장은 돌아가는 차 안에서도 말이 없었다.

하지만 표정은 훨씬 밝아져 있었다.

“실수였으면 좋겠군요.”

대학본부가 보이자 그녀가 작은 목소리로 말했다.

물어보지 않아도 대충 무슨 뜻인지 알 것 같았다. 교무처장이 청탁을 받은 걸 알게 된다면 총장이 가만히 있을 리 없었다.

“고마워요, 김유빈 씨. 덕분에 몸도 고치고 깨달은 게 많은 하루였습니다.”

“아닙니다, 총장님. 그리고 총장님을 만나기 전에 제가 교무처장님을 만나려고 하니까 직원들이 육탄방어를 하더군요. 게다가 학생에게 불이익을 줄 수도 있다는 말을 했습니다. 급해서 튀어나온 말일 테고 요즘 같은 세상에 그럴 수 없다는 것은 알지만, 자그마할 가능성만으로도 저는 물러설 수밖에 없었습니다.”

유빈의 딱 부러지는 말에 총장의 표정이 심각해졌다.

“지금 바로 교무처장님과 이야기 나누겠습니다. 그리고 그 직원에 대해서도 조치하죠. 아무리 급해도 학생을 볼모로 잡으면 대학교 직원으로서 실격이죠.”

“어려운 일일 텐데 들어주셔서 감사합니다.”

유빈이 운전하면서 고개를 숙였다.

"아니에요. 상담 천막은 바로 다시 설치할 겁니다. 그리고 이번 일로 학교가 더 좋아진다면 그걸로 저는 충분합니다."

대화하다 보니 어느새 차가 대학본부 앞에 도착했다.

심각해졌던 총장의 표정이 조금 편해 보였다. 뭔가 마음의 결심을 한 듯했다.

"일부러 저를 원장님에게 데려간 거죠?"

총장이 건물 안으로 들어가기 전에 유빈에게 물었다.

"……네?"

"괜찮습니다. 단지 젊은 분이 마음이 깊은 것이 감탄스럽군요."

"아…… 그냥 왠지 총장님과 원장님이 잘 통할 것 같다는 느낌이 들었거든요. 하하."

"그랬나요? 호호."

총장을 내려 주고 다시 언어교육원 앞에 도착하자 언제 뒤따라 왔는지 행정실에서 만났던 교직원들이 급하게 천막을 재설치하고 있었다.

"다시 상담할 수 있는 거예요?"

"다 원장님 덕분입니다. 정말 잘하셨어요."

"네? 제가 뭘요?"

반쯤 포기하고 있던 김이진 원장은 갑자기 바뀐 상황이 어리둥절할 뿐이었다.

김이진 원장을 내버려 두고 유빈은 교직원들을 빤히 쳐다봤지만, 그저 눈길을 피하기에 급급했다.

총장의 말이 무섭긴 무서운 모양이었다.

어제 놓고 간 그대로 책상과 의자도 세팅되었다.

천막이 들어서자 어디서 나타났는지 여학생 열댓 명이 주변에서 서성거렸다.

"어떻게 오셨나요?"

유빈이 다가가 물었다.

"네? 어? 언니, 이 사람이야! 아, 안녕하세요. 어제 주점에서 타로 본 학생인데요. 타로 다시 보려고 왔어요."

여학생이 일행을 불렀다.

"우와, 잘생겼다. 저 사람이 진짜로 그렇게 용해?"

"장난 아니래."

자기들끼리 하는 이야기가 들려서 살짝 민망했지만, 유빈은 찬찬히 안내를 했다.

"타로는 자리가 아직 마련되지 않아서 조금 있다가 시작할 생각입니다. 기다리기 지루하시면 옆 천막에서 상담받고 오세요. 상담받으신 분에 한해서 무료로 봐 드리겠습니다."

"네? 무료요?"

무료라는 말에 모여 있던 학생들이 다시 웅성거렸다.

"뭐라는 거야?"

"옆에서 상담을 받고 오면 타로를 무료로 봐 준대."

"정말? 무슨 상담인데?"

"어머, 산부인과 상담이야……."

산부인과 상담이라고 하니 잠깐 망설였지만, 무료의 힘은 강했다.

여학생들이 거침없이 천막 앞에 줄을 섰다.

무슨 이야기를 하는지 자기들끼리 웃고 난리였다.

아마도 남자들이 알지 못하는 은밀한 이야기 같았다.

"원장님, 이 간호사님. 저는 옆에서 사람들을 모을 테니까 힘드시더라도 상담 잘해 주세요. 은아가 도와줄 겁니다."

옆에 서 있던 최은아가 다부지게 고개를 끄덕였다.

"유빈 씨, 뭐가 어떻게 된 거예요? 여기 있는 사람들 모두 상담받으려고 줄 선 거예요?"

어제와는 너무 다른 풍경에 김이진 원장이 입을 다물지 못했다.

"하하, 제가 힘 좀 썼습니다. 기다리는 사람이 많으니까 어제보다는 상담 시간을 조절하셔야 합니다."

"알겠어요! 갑자기 두근거리는데요."

"파이팅입니다!"

유빈의 족집게 타로에 엘싱글 특별판, 그리고 원장의 세심한 상담이 합쳐지자 시너지 효과가 나타났다.

상담은 상담대로 타로는 타로대로 여학생들을 충분히 만족하게 했다.

인적이 드물었던 언어교육원 앞 잔디밭이 큰 길가만큼은 아니지만, 사람들로 장사진을 쳤다.

어디서 소문을 들었는지 노점상까지도 모여들었다.

💼

혼자서 잡지를 나눠 주고 대기 줄까지 통제하던 최은아가 얼굴이 핼쑥해져 유빈에게 다가왔다.

"오빠, 사람이 너무 많아서 통제가 안 돼요. 타로 줄 하고 상담 줄 하고 엉켜서 완전 엉망이에요."

"그래? 음, 엘싱글은 몇 부나 나갔어?"

유빈도 사람들이 이렇게 많이 모일 줄은 생각을 못 했다.

"한 80부, 아니, 100부 정도 나눠 준 것 같아요. 죄송해요. 처음에는 잘 셌는데 너무 바빠서……."

"아니야, 괜찮아. 은아야. 너 아니었으면 어쨌을까 싶다. 저, 여러분. 죄송하지만 잠시만 쉬었다 하겠습니다."

유빈이 자리에서 일어났다.

기다리던 사람들의 원성이 들렸지만 모른 척했다.

유빈의 체력은 문제가 없었지만, 원장님이 걱정되었다.

지금처럼 끊임없이 말을 하는 것은 중노동만큼이나 고된 일이었다.

대기 줄을 정리한 유빈이 상담 천막으로 건너갔다.

"원장님, 힘드시죠?"

"내가 최근에 너무 한가하게 일했다고 벌 받는 것 같아요. 호호. 전 괜찮아요."

김이진 원장은 웃으면 말했지만, 목소리는 처음보다 매우 탁해져 있었다.

"이것 좀 마시고 하세요."

유빈이 따뜻한 차를 건네며 원장에게 오라를 집중했다.

원장님 상태로 봐서는 여기서 상담을 멈추고 싶지만, 오늘 하루가 사랑산부인과를 살리는 데 큰 도움이 될 것이 분명했다.

"원장님, 조금만 더 힘내 주세요."

"아, 따뜻한 차 마시니까 몸이 풀리네요. 기분 좋은 느낌이에요."

어느 정도 피로에서 회복한 원장을 놔두고 유빈이 밖으로 나왔다.

"어이, 유빈아."

때마침 반가운 목소리가 들려왔다.

목소리의 주인공인 바로 이혁 지점장이었다.

그의 옆에는 홍정호 선배가 서울에 막 상경한 촌사람처럼 줄 서 있는 사람들을 두리번거렸다.

"지점장님, 선배님! 어떻게 오신 거예요?"

유빈이 평소와는 다르게 둘을 격하게 반겼다.

"네가 놀러 오랬잖아. 혼자 오기 뭐해서 홍정호도 데리고 왔다."

홍정호는 제주도 싸이클 미팅 이후로 친해지지는 않았지만 무난한 선후배로 지내는 중이었다.

"혹시 이 줄이 다 상담받으러 온 사람들이야?"

이혁은 이해가 안 된다는 듯이 사람들을 둘러봤다.

산부인과 상담이 뭐라고 이렇게까지 줄을 선단 말인가. 그리고 소수이지만 줄 선 사람 중에는 남자도 보였다.

"이쪽 줄은 산부인과 상담 대기 줄이고요. 저쪽은 타로점 대기 줄입니다."

"타로점?"

"제가 조금 볼 줄 알거든요. 사람 끌어모으려다 보니 별걸 다 하고 있습니다. 하하."

"진짜 별걸 다 하는구나······."

그가 보기에 유빈과 타로는 별로 어울리지 않는 조합이

었다.

"그건 그렇고 지점장님, 선배님. 마침 잘 오셨습니다. 지금 일손이 달려서 헤매고 있었는데 좀 도와주세요."

"응? 아니 난 그저 축제 구경하러 온 건데……. 그렇지 정호야?"

"네, 그럼요, 지점장님."

두 사람이 슬쩍 발을 빼려 했다. 여기서 일꾼으로 잡혔다가는 축제고 뭐고 일만 할 것 같은 예감이었다.

"……그렇단 말씀이시죠. 아, 맞다. 은아야. 잠깐 이쪽으로 와 볼래? 여기는 우리 회사 지점장님 하고 선배님이야."

"아, 안녕하세요. 최은아입니다."

유빈이 소개하자 머리카락을 급하게 정리한 최은아가 부끄러워하며 인사했다.

아이돌 같은 귀여운 아가씨가 인사하자 이혁과 홍정호의 입가에 숨길 수 없는 미소가 떠올랐다.

"누구……?"

"여기 학교 심리학과 학생이에요. 같은 동네 사는 동생이기도 하고요. 오늘 종일 도와주고 있는데 혼자서 해야 하는 일이 많아서 안쓰러워 죽겠어요."

"크흠, 일손이 부족하면 도와야지. 그렇죠, 지점장님?"

"어? 그럼, 물론이지. 우리가 뭐하면 되겠냐?"

미인계에 꼼짝 없이 넘어간 두 사람이 정장을 벗어 던지고 교통정리를 시작했다.

인력이 늘어나자 장내가 금방 질서를 되찾았다.

상담도 일사천리로 진행되었다.

유빈 덕분에 피로가 가신 김이진 원장도 요령이 생겼는지 필요한 말은 다 해주면서도 상담 시간은 단축했다.

한 명씩 상담하지 않고 같이 온 친구들끼리 같이 상담을 받아서 더 효율적이었다.

박스에 가득 쌓여 있던 엘싱글 특별판도 바닥을 드러내고 있었다.

오전을 대학본부에서 허비했지만, 거진 여섯 시간 만에 어제 홍보와 상담으로 나눠 준 백 부를 제외한 이백 부가 모자랄 판이었다.

축제답게 저녁 시간이 가까워지자 사람들이 점점 늘어났다.

하지만 상담은 슬슬 마무리할 때가 된 것 같았다.

"지점장님, 지금 줄 선 분까지만 받아야 할 것 같습니다."

"휴우, 그래 알았다."

안도의 한숨을 내쉰 이혁 지점장이 고개를 끄덕였다.

미리 줄을 서지 못해서 유빈의 타로를 듣지 못해 발을 동동 구르며 아쉬워하는 사람도 있었지만 어쩔 수 없었다.

"수고하셨습니다!"

드디어 상담이 마무리되었다.

엘싱글 특별판은 한 부도 남김없이 나눠 줬고 수많은 학생이 김이진 원장에게 상담을 받았다.

그들 중 대부분은 친절한 의사 선생님에게 병원에 꼭 가겠다는 약속을 했다.

사랑산부인과로 몇 명이나 올지는 알 수 없는 일이었지만 고무적인 결과임은 확실했다.

"원장님, 정말 고생하셨습니다."

"아아, 정말 온 힘을 다한 것 같아요. 대학교 다닐 때, 새벽까지 외과 수술하고 나면 탈진해서 그렇게 맥주가 땡겼는데 오랜만에 딱 그런 기분이네요."

"하하, 제가 오늘 맥주 사겠습니다. 은아네 주점에 가서 한잔하시는 건 어떠세요?"

"정말요? 오늘 은아 씨 아니었으면 정말 힘들었을 거예요."

어느새 친해진 김이진 원장이 최은아의 손을 꼭 잡았다.

"그런데 여기 두 분은 누구시죠?

그제야 멀뚱히 서 있던 두 남자가 인사를 했다.

홍정호는 어딘가 어색한 표정이었다. 도봉구의 전 담당자로 사랑산부인과를 한 번만 방문하고 그 이후로는 가지를 않앉으니 그럴 만도 했다.

"아, 유빈 씨 팀 지점장님이시군요?"

"안녕하십니까, 원장님. 더 일찍 찾아뵙고 인사드렸어야 하는데 죄송합니다."

"아니에요. 무슨 말씀을. 저는 그저 유빈 씨가 우리 병원을 담당하게 돼서 감사할 뿐이에요. 비록 영업사원과 병원 원장으로 만났지만, 저한테는 음, 인생의 은인이나 다름없어요. 우리 병원에 유빈 씨를 보내 주셔서 감사합니다."

이혁의 인사에 김이진 원장이 오히려 더 깊숙이 고개를 숙였다. 의사한테 이런 감사 인사를 받아 본 적이 없는 이혁이 당황할 정도였다.

하지만 아무리 그래도 인생의 은인이라니.

이혁은 김이진 원장이 오버해서 말하는 것쯤이라 생각했다.

"아닙니다, 원장님. 저희 직원을 좋게 봐 주셔서 제가 다 기분이 좋습니다. 그리고 다른 회사의 영업사원도 많을 텐데 이런 뜻깊은 행사에 저희 직원을 불러 주셔서 다시 한 번 감사드립니다."

"그게 아니에요. 저는 그저 앉아서 상담만 해줬답니다. 축제에서 산부인과 상담을 준비해 주고 저에게 상담을 권유해 준 사람도, 학생들에게 나눠 줄 잡지 선물을 구해 온 사람 모두 유빈 씨랍니다."

"네?"

"그것뿐만이 아니에요. 유빈 씨 덕분에 이번 기회에 인테리어도 다시 하고 그 뭐냐, 홈페이지도 생겼어요."

"……."

듣다 놀란 이혁이 김이진 원장의 이야기에 딴청을 피우고 있는 유빈을 쳐다봤다.

홍정호도 김이진 원장의 이야기를 들으면서 뭔가 느껴지는 것이 있는 모양이었다.

써니힐병원의 경우에도 힘들게 공략한 것이 사실이지만 사랑산부인과를 위해 유빈이 한 노력은 차원이 다른 이야기였다.

MR의 일이 단순히 의사를 만나고 처방을 유도하고 병원 안에서 일어나는 일에만 신경 쓰는 거로 생각했다면 절대 시도할 수 없는 일이었다.

자신은 물론이고 유빈을 높이 평가하는 장결희 본부장도 유빈의 그릇을 잘못 알고 있는 것 같았다.

유빈이 싸이클 미팅이 끝나고 한 달 동안 자신에게 자세한 이야기를 왜 안 했는지도 알 것 같았다.

이렇게 실제로 결과물을 보니 유빈의 노력을 이해할 수 있었다. 하지만 회의 때 그냥 보고로 들었다면 아마, 아니, 거의 확실하게 쓸데없는 데 시간 쓴다고 뭐라고 했을 게 분명했다.

이혁은 유빈이 대견하면서도 한편으로는 지점장으로서 부끄럽기도 했다.

그리고 또 다른 묘한 예감이 들었다.

유빈이 영업에서 머무르지 않고 곧 다른 자리로 갈 것 같은 기분이었다.

생각만 해도 씁쓸했지만 그런 기분을 뒤로하고 이혁이 호기롭게 외쳤다.

"아무래도 오늘 저녁은 제가 내야 할 것 같습니다. 부하 직원 때문에 이렇게 감사 인사를 들었는데 가만히 있을 수가 없네요. 모두 가시죠!"

"와아!"

"잠깐만요. 이동하기 전에 기념사진 한 장 찍겠습니다."

유빈이 고원일에게 빌려 온 고급 카메라를 들고 왔다.

상담 천막을 배경으로 고단하지만, 기분 좋은 표정으로 사람들이 포즈를 취했다.

"선배님, 원장님하고 저도 같이 찍어 주십시오."

몇 장을 찍은 유빈이 홍정호에게 카메라를 넘겼다.

"원장님, 이 간호사님, 마지막 포즈는 저처럼 따라 해주세요."

"어떻게요?"

유빈이 잔뜩 실망한 표정으로 고개를 푹 숙였다.

마치 하늘이 무너진 듯한 표정이었다.

"유빈 씨, 지금 뭐 하는 거예요?"

"원장님, 쓸 데가 있어서 그럽니다. 오늘 상담이 망했다고 생각하면서 표정 지어주세요."

황당했지만 김이진 원장도 이 간호사도 나름 혼신의 연기를 보였다.

마지막 사진을 확인한 유빈은 만족스러운 표정을 지었다.

고원일에게 이 사진을 받게 되면 잠깐이겠지만 최석원은 일이 뜻대로 진행된다고 믿을 것이다. 누가 봐도 고전하는 것처럼 보일 테니까.

생각하면 할수록 유빈은 분노가 치밀었다.

엔젤로의 도매상 출하를 막은 일, 복숭아 알러지를 이용한 써니힐병원의 영업 방해까지.

한데 아예 흥신소를 고용해서 일거수일투족을 감시하다니.

최석원은 선을 넘었다.

유빈이 인내할 수 있는 최소한의 선을 벗어난 것이다.

사실 유빈은 전의 일을 겪으면서 이혁 지점장이나 사내 EBP(Ethical Behavior Practice, 윤리경영) 부서에 고발할까도 생각했다.

더불어 첼시 사장에게 개인적으로 해결을 부탁하는 것까지 고려했었다.

하지만 그것은 좋은 해결 방안이 아니었다.

제네스코리아는 외국계 회사라고는 하지만 엄연히 사장과 회장을 제외한 전부가 한국인인 회사다. 아무리 시스템이 선진화되었다 해도 시스템을 운영하고 관리·감독하는 사람은 한국인이라는 뜻이다.

최석원과 구매부 전광열 상무가 적극적으로 혐의를 부인한다면 일의 향방이 어떻게 흐를지는 가늠할 수 없었다.

특히 제약회사는 업계 특성상 인맥이 중요하게 작용하는 곳. 제네스코리아 역사상 최장 기간 부사장직을 역임하고 있는 최상렬의 라인이 총동원된다면 오히려 유빈에게 불리하게 작용할 가능성도 있었다.

또한 설혹 유빈의 고발로 일이 해결된다 하더라도 유빈에게는 낙인이 찍힌다.

내부 직원을 찌른 믿을 수 없는 놈으로.

써니힐병원의 조수인 원장과 사무장의 증언이 확실한 상황에서도 유빈이 고발하지 않은 이유가 그것이었다.

사실 그것도 문제였다. 조수인 원장과 사무장에게 증언을 부탁한다면, 어렵게 쌓아 올린 제네스코리아의 신뢰는 무너

진다.

자기 자신의 이익을 위해 같은 회사 직원의 영업을 방해하는 회사 제품을 어떻게 생각하게 될까.

그건 유빈이 원하는 바가 아니었다.

따라서 유빈은 결정적인 증거와 결정적인 상황, 둘 다 잡아야만 했다.

아무리 힘과 인맥을 동원해도 도저히 빠져나가지 못할 정도의 결정적인 증거와 유빈의 행동을 정당화해 줄 수 있는 힘 있는 라인이 필요했다.

그리고 지금…….

유빈은 최석원을 무너뜨릴 수 있는 첫 번째 증거를 손에 넣었다.

'조금만 기다려라, 최석원.'

유빈은 손에 잡힌 고원일의 카메라를 지그시 내려다보며 미소를 지었다.

16장
자업자득

최석원은 기분이 좋았다.

강남구 의사회에 이어 며칠 전에 개최했던 분당구 의사회를 성공적으로 마무리 지었다.

폴로 업 하기 위해 병원 몇 곳을 다녀보니 약품 처방에 대한 질문을 쏠쏠하게 받았다.

역시 이미 성공한 사람들이라 PM의 발표에 대한 호응이 좋았다.

자기 돈은 아니었지만 C급 병원 원장에게 헛돈을 쓰지 않아서 더욱 상쾌한 기분이 들었다.

강남구 의사회에서도 확인했지만, 그들은 발표보다는 잿밥에만 관심이 있는 사람들이었다.

그렇게 힘들게 의사면허를 땄는데 병원을 거지같이 운영하는 모습을 보면 그저 한심할 따름이었다.

하지만 그가 상관할 바도 신경 쓸 바도 아니었다. 병원이 망하건 말건 자신과는 하등 상관없는 일이었다.

담당 지역에서 실적만 잘 나온다면 그 이상으로 노력할 필요가 없었다.

기분 좋은 이유가 한 가지 더 있었다.

어제 고 선생이 보내 준 사진 때문이었다.

유빈과 병원 원장으로 보이는 여자가 모든 것을 체념한 표정으로 앉아 있는 사진이었다.

왜 C급 병원을 위해 저렇게 시간 낭비를 하는지도 이해가 가지 않았지만, 아무튼 사진만 보면 저절로 미소가 지어졌다.

앞으로 나올 DDD 실적을 확인하면 사진처럼 다시 한 번 고개를 숙이게 될 것이었다.

베스트 MR은 자신의 것이어야 했다.

선덕여대에서의 산부인과 상담은 유빈이 기대한 것보다 더 큰 결과를 가져왔다.

그 중심에는 이용순 총장이 있었다.

김이진 원장과의 약속을 지킨 이용순 총장은 사랑산부인과에 내원해 진료를 받았다.

"학교 바로 옆에 이렇게 세련된 병원이 있었는데 그걸 몰랐네요. 무엇보다 가까이 있어서 좋습니다."

"감사합니다. 총장님. 전 총장님인지도 모르고 참⋯⋯."

새로 인테리어를 안 했으면 어땠을까 하는 생각이 김이진 원장의 머리를 스쳐 갔다. 어쩜 모든 일이 이렇게 타이밍이 잘 맞아떨어질까 하는 감탄이 절로 나왔다.

"원장님, 제가 제안 드릴 것이 한 가지 있습니다."

"무슨⋯⋯."

"사랑산부인과를 선덕여대의 자매결연 산부인과 병원으로 지정하고 싶습니다."

"네? 자매결연 병원이요?"

"위치도 가깝고 무엇보다 원장님이라면 안심하고 학생들이 진료를 받을 수 있을 것 같습니다."

"어머, 정말요? 그렇게 생각해 주시니 감사해요."

"그리고 가끔 학교에서 특강도 부탁하겠습니다. 저처럼 산부인과를 두려워하는 학생들에게 좋은 기회가 될 겁니다."

그렇게 이용순 총장과의 만남이 이루어진 후 사랑산부인과 앞에는 '선덕여대 자매결연 산부인과 병원'이라는 문패가

달렸다.

여대생들에게 홍보가 자연스럽게 된 것은 물론이었다.

카페 같은 세련된 인테리어와 친절한 원장님에 대한 소문으로 병원은 매일같이 환자로 발 디딜 틈이 없었다.

그 후로부터 소문에 빠른 다른 회사의 영업사원들도 사랑산부인과를 찾아왔지만, 워낙 바빠서 원장을 볼 수 없었다.

물론 유빈은 예외였다.

병원에 오자마자 원장실로 직행할 수 있었다.

다른 영업사원들은 미리 좀 와 둘 걸 후회했지만 이미 기차는 떠난 뒤였다.

이전처럼 여유가 없다며 투정 아닌 투정을 부리는 김이진 원장의 얼굴은 전과 다르게 생기가 넘쳤다.

아무리 바빠도 환자를 보는 게 좋은 모양이었다.

병원 밖으로 나온 유빈은 원장이 준 처방 실적을 들여다봤다. 여학생 환자의 증가로 피레논의 처방이 수직으로 상승하고 있었다.

축제 효과로 단기간에 처방이 상승했지만, 김이진 원장이라면 충분히 환자를 사로잡을 능력이 있었다.

앞으로도 피레논 처방이 꾸준히 증가할 것이라 믿어 의심치 않았다.

차를 몰면서 곰곰이 생각해 보니 타로 리딩의 마지막 카드인 역방향 '고위 여사제' 카드는 유빈이 생각했던 내면의 힘을 암시하는 게 아니었다.

고위 여사제는 바로 김이진 원장과 이용순 총장 그 자체였다.

김이진 원장은 충분한 능력이 있음에도 과거의 패러다임에 사로잡혀 병원을 제대로 운영하지 못하고 있었다.

이용순 총장 또한 대학 총장까지 오른 입지전적인 신여성이지만 산부인과를 두려워하는 마음을 가지고 있었다.

유빈의 역할은 두 사람이 과거와 두려움이라는 틀을 깨고 세상 밖으로 내면의 힘을 표출하도록 도와준 것이었다.

'고위 여사제' 카드의 역방향은 그런 두 여자의 모습을 정확히 암시하고 있었다.

유빈은 새삼스레 타로가 보여 준 암시에 저절로 감탄이 나왔다. 아직 통찰력이 부족해 암시를 정확히 리딩하지는 못했지만, 결과만 놓고 봤을 때는 소름이 끼칠 정도였다.

앞으로 호심법과 완무 수련과 더불어 타로 리딩에도 좀 더 심혈을 기울여야겠다는 생각이 들었다.

유빈이 차를 노원구에 있는 세원여대로 몰았다.

선덕여대에서의 경험이 있으니 마음이 한결 편했다.

"원장님, 힘들지는 않으세요?"

유빈은 황진주산부인과 황진주 원장에게 오라를 전개
했다.

"아니에요. 호호. 재밌어요."

황진주 원장은 사랑산부인과 김이진 원장만큼이나 자신의
일을 좋아하는 의사였다.

'역시 내가 원장님을 잘 골랐구나.'

그녀의 환한 미소에 내심 뿌듯한 마음이 들었다.

선덕여대 때보다 상담 천막 위치도 좋고 해서 수월하게 학
생들이 모여들고 있었다.

물론 엘싱글 특별판도 한몫을 했다.

상담이 어느 정도 자리가 잡히자 유빈은 이번에는 자발적
으로 대학본부로 향했다.

사랑산부인과는 선덕여대의 자매결연 병원으로 홍보 효과
가 상당했다. 세원여대도 황진주산부인과와 자매결연을 맺
을 수 있도록 해볼 생각이었다.

내일은 예손산부인과 원장님이 의정부 복지회관에서 폐경
에 대해 강의할 예정이었다.

아직 강의하지도 않았는데 벌써 젤레크의 처방 실적이 증
가하는 것을 확인할 수 있었다.

원장님이 강의를 위해 공부하면서 나타난 현상이었다.

강의가 잘돼서 병원에 내원하는 환자가 증가한다면 처방

증가 폭이 가파르게 오를 거로 기대할 수 있었다.

유빈은 가능성이 있는 C급 병원을 발굴해 웬만한 B급 병원 이상의 처방량을 만들어 내고 있었다.

그야말로 무에서 유를 창조한 것이었다.

그렇다고 A급 병원을 소홀히 한 것도 아니었다.

대학 병원을 비롯한 대형 여성병원에서의 처방량도 유빈의 뛰어난 영업력으로 계속 증가하고 있었다.

그리고 한 가지, 더 기분 좋은 사건이 일어나고 있었다. 유빈이 오랫동안 준비했던 일이 이제야 결과를 만들어 내고 있었다.

"아, 그리고 유빈 씨. 그 소식 들었나요?"

황진주 원장이 나가는 유빈을 배웅하다가 갑작스레 생각났다는 듯 입을 열었다.

"어떤 소식 말씀이신가요?"

"왜 전에 유빈 씨가 한 말 있잖아요. 리베이트 관련 건 해서요. 그거 진짜 문제 될 것 같던데요?"

"아, 그거요?"

유빈은 맑은 표정으로 황진주 원장을 지그시 바라보았다.

그것은 유빈이 준비한 백서제약 이동우 지점장을 위한 선물이었다.

이제는 과거를 털어내고 가야 할 때였다.

"후욱!"

백서제약 이동우 지점장이 담배 연기를 한껏 빨아들인 후, 내뱉었다. 그렇게 하지 않고는 도저히 진정되지 않았다. 그의 상식으로는 도저히 이해되지 않는 일이 벌어지고 있었기 때문이다.

"젠장!"

한양산부인과 입구 바로 앞이라 드나드는 사람들이 담배 연기에 인상을 찌푸렸다. 그러거나 말거나 이동우는 개의치 않고 연신 담배를 피워 댔다.

다른 상황은 조금도 눈에 들어오지 않았다. 그의 시선은 한곳에 꽂혀 움직일 줄 몰랐다.

백서제약 영업사원 출입금지.

무시무시한 문구였다.

이번이 몇 번째인지 모른다.

그 옆에 어정쩡하게 서 있는 최한솔도 이런 풍경이 익숙한지 그저 하늘만 쳐다보고 있었다.

방문하는 산부인과마다 입구에 '백서제약 영업사원 출입

금지'라는 무시무시한 문구가 붙어 있었다.

얼마 전 뉴스에서 제약회사 리베이트 쌍벌제로 돈을 받은 의사가 방송을 탄 영향도 있었지만 유독 최한솔과 김철환의 지역 병원에서 대응이 완강했다.

호의적이었던 병원마저도 지역 의사회 방침이라며 문전박대를 했다.

'김유빈…… 이 자식만 아니었다면…….'

유빈 때문에 저조해진 점유율을 되찾기 위해 최근 이동우는 무리하게 리베이트 영업을 했다. 그게 그의 발목을 잡고 있었다.

제네스 코리아 제품 때문에 점유율이 하락하고 리베이트 때문에 의사를 만나지 못하면서 최한솔과 김철환 담당 지역의 실적은 처참할 정도였다.

둘이 나란히 꼴등에서 일이 등을 차지했고 이동우가 지점장인 강북 지점도 당연히 꼴찌였다.

특히, 최한솔은 목표 대비 30%라는 백서제약 창설 이래 최악의 실적을 달리고 있었다.

그런데도 뻔뻔하게 서 있는 모습을 보니 화가 치밀어 올랐다.

'그래도 김유빈이는 성실하기라도 했지…….'

그때 최한솔만큼이나 눈치 없는 이동우의 전화기가 신나

게 울렸다.

"이동우입니다. 네, 회의요……? 알겠습니다. 바로 들어가 겠습니다."

묘한 표정으로 전화를 끊은 이동우가 최한솔을 잠시 말없 이 쳐다봤다.

"……."

"회사입니까?"

조금 전에 걸려 온 전화가 궁금했던지 최한솔이 조심스럽 게 물었다.

"다른 직원들한테 세 시까지 본사로 들어가라고 연락 돌려."

"네? 세 시까지요?"

"그래, 난 먼저 들어갈 테니까 너도 시간 맞춰서 들어와."

"네…… 알겠습니다."

애써 냉정하게 이야기한 이동우가 피다 만 장초를 신경질 적으로 버렸다.

이럴 때 긴급회의라니 불안감이 엄습해 왔다.

그사이 반떼를 타고 유빈이 한양산부인과 주차장으로 들 어섰다.

갑작스러운 손진수 원장의 콜을 받고 달려온 것이다.

한양산부인과 손진수 원장은 본래 유빈을 탐탁지 않게 생각했던 원장이었다.

대놓고 리베이트를 요구하기도 했거니와 제약사 영업사원을 마치 돈주머니 보듯 했다. 하지만 이제 그의 행실도 달라질 수밖에 없었다.

"……응?"

반떼를 주차한 뒤에 병원 입구를 향해 움직이려던 유빈이 익숙한 두 사람을 발견했다.

하나는 백서제약 이동우 지점장이었고 다른 하나는 백서제약 때의 동기 최한솔이었다.

두 사람은 한양산부인과 입구에 망연자실 서 있었다. 조금 더 자세히 보자 두 사람은 '백서제약 영업사원 출입금지' 팻말을 보고 있는 듯했다.

이동우 지점장의 표정이 가관이었다. 연달아 담배를 뻑뻑 피우는 모습을 보니 속이 타는 모양이었다.

그러다 갑자기 전화를 받더니 두 사람 모두 급히 움직였다.

유빈은 차체 옆에 느긋하게 몸을 기댔다.

그러면서도 시선은 이동우를 놓치지 않았다. 알아차릴 만했는데도 이동우는 주차장에 서 있는 유빈을 전혀 의식하지 못했다.

하긴 발등에 불이 떨어졌으니 주위가 눈에 들어올 리가 없을 터였다.

사실 '백서제약 영업사원 출입금지' 팻말은 유빈의 작품이
었다.

유빈은 엔젤로 디테일링을 하면서 손진수 원장을 비롯한
몇몇 원장으로부터 '이바돈은 시술하면 이렇게 해준다는데
엔젤로는 뭐 없나'라는 말을 들었다.

리베이트를 받는 병원이었다.

유빈은 그때부터 만나는 의사마다 디테일링하는 대화 속
에 '요즘 광역수사대가 리베이트 조사를 하는 것 같습니다'라
고 지나가는 말투로 슬쩍 흘렸다.

지역을 특정하지도 않았고 뉴스에서 들은 듯한 별 이야기
도 아니었지만, 한 달이 지나자 그 이야기에 살이 붙어 지역
의사회에서 돌기 시작했다.

유빈이 노린 스노우볼(snowball) 효과였다.

별 의미 없는 작은 눈 뭉치를 던졌을 뿐인데 이게 알아서
돌아다니면서 큰 이슈를 만들어 버린 것이었다.

유빈은 의사들이 그 말을 지나치지 않을 것이라 확신했다.
그만큼 민감한 문제이기 때문이었다.

도드라지는 유빈의 영업력으로 백서제약의 이바돈 대신
제네스의 엔젤로를 시술하는 의사가 많아지면서, 지역 의사
회에서는 자연스럽게 두 제품이 이슈가 되었다.

그러면서 엔젤로의 약진을 막기 위한 백서제약의 리베이트 영업도 함께 의사회 안에서 논쟁거리가 되었다.

이에 리베이트를 전혀 안 받는 의사들은 아예 '백서제약 영업사원 출입금지'라는 팻말을 문밖에 붙여 놓기 시작했다.

유빈이 다니면서 가볍게 한 말이 백서제약을 KO시킨 강펀치로 돌아갔다.

그런 병원이 하나둘씩 늘어나면 자연스럽게 지역 경찰의 눈에 띌 것이다. 어쩌면 조사가 이미 시작되었을지도 몰랐다.

"지점장님, 회사 생활이 만만치 않죠? 지점장님 말대로 일하다 보면 누군가는 희생해야 하니까요."

유빈이 조용히 혼잣말을 읊조렸다.

마치 과거에 백서제약 직원이었을 때 이동우의 얼굴에 대고 직접 하지 못한 말을 하는 듯했다.

"잘 가세요, 지점장님."

아무도 쳐다보지 않는데 유빈이 가볍게 고개를 숙였다.

마음속 어딘가에 작게나마 남아 있던 백서제약과 이동우에 대한 미움이 완전히 사라진 기분이었다.

급하게 백서제약 본사에 들어와 회의에 참석한 이동우는

지금 들리는 상무의 말을 믿을 수가 없었다.

"어제 경찰에 리베이트와 관련하여 홍경식 대표이사님이 불구속 입건되었습니다. 각 부서에서는 경찰 조사에 협조해 주시기 바라며 조사가 완료될 때까지는 영업 활동은 최소화하기로 했습니다. 한 달 안에 진행되고 있는 세미나와……인센계약을 마무리해 주시기 바랍니다."

팀장급 이상이 모인 회의장이 웅성거렸다.

백서제약으로서는 최악의 상황이었다.

이동우의 심장이 심하게 뛰기 시작했다.

최근 누구보다 리베이트 영업을 열심히 했던 그였다.

하지만 자신은 그저 회사에서 시킨 일을 한 것뿐이었다.

그동안 업계에서 리베이트 관련 사건은 수없이 많이 일어났다. 하지만 관례적으로 법적 책임은 일반 사원이나 지점장이 아닌 사장이 진다.

이번에도 책임은 자신이 아니라 사장이 지는 게 맞았다.

이동우는 그렇게 생각하며 마음을 가다듬었다.

하지만 상황은 예상치 못한 흐름으로 접어들었다.

"원래는 내년 초에 발표할 예정이었지만, 조금 전의 이야기와 관련하여 조직 재배치를 한 달 후에 시행하기로 했습니다. 갑작스럽겠지만, 예상되는 경영 악화에 대한 선제 조치로 받아들여 주시기 바랍니다."

"……!"

말이 좋아 조직 재배치였다.

결국, 만만한 영업팀을 해고하겠다는 이야기였다.

이동우의 심장 소리가 미친 듯이 커지기 시작했다. 마치 고막이 터질 것 같았다.

아니나 다를까 상무의 이야기가 이어졌다.

"네 개의 팀으로 나뉘어 있는 서울을 두 팀으로 통합하고, 지방 여섯 개 팀은 세 개 팀으로 통폐합하겠습니다."

꿀꺽.

이동우가 긴장된 채로 상무의 말을 끝까지 들었다.

'올해 실적은 나쁘지만, 작년까지는 괜찮았어. 설마 올해 실적만 가지고 결정하지는 않겠지…….'

이동우가 믿는 것은 한 가지 더 있었다.

이 회의실 안에 있는 사람 중 명절에 그의 선물을 받지 않은 사람은 없었다.

특히, 임원진에 처바른 뇌물만 따져도 작은 방 하나는 가득 채울 만했다.

이동우가 맞은편에 앉아 있는 영업본부장을 애타게 쳐다봤다.

하지만 그는 끝끝내 이동우의 눈길을 외면했다.

애써 자신을 위로하던 이동우는 상무의 다음 말에 머릿속이 하얘졌다.

"힘든 결정이었지만, 올해 3분기까지의 실적을 기준으로 해서 서울 하위 두 팀과 지방 세 팀의 영업팀 지점장님은 보직에서 해임하기로 했습니다."

"뭐라고!"

이동우가 소리를 지르며 벌떡 자리에서 일어났다.

옆에 있던 다른 지점장이 흥분한 그를 겨우 말려 앉혔다.

'보직 해임? 그게 무슨 개뼈다귀 같은 소리야!'

올해 실적으로 보면 이동우의 강북 지점은 전국 꼴찌였다. 당연히 그는 빼도 박도 못한 보직 해임 대상이었다.

"장고 끝에 힘들게 ERP(Early Retirement Program, 조기 퇴직 프로그램) 조건을 결정했습니다. 회사가 어려운 때이므로 다시 한번 양해 말씀드립니다."

상세한 조건 내용을 듣지 않아도 최악의 조건일 거라고 다들 예상할 수 있었다.

"ERP 우선 대상자는 근속 연수 관계없이 올해 실적 하위 30%입니다. 각 팀 팀장님들께서는 직원분들에게 잘 설명해 주시기 바랍니다."

회사 측이 제시한 조건은 ERP라고 하기에도 민망했다. 그냥 퇴직금에 위로금 차원으로 몇 개월 치 월급을 얹어 주는 수준이었다.

"나도 납득이 안 되는데 직원들을 어떻게 납득시키라는 말입니까? 본부장님, 아니, 형님. 왜 그렇게 제 눈을 피하십니까? 제가 왜 통폐합 대상입니까?"

회의가 파하자 이동우가 영업본부장에게 득달같이 달려들었다.

"이봐, 이동우! 지금 뭐하는 거야? 여기 회사야, 회사!"

"회사요? 하하, 형님 저 이렇게 되면 형님도 편치 못할 겁니다. 아시죠?"

이동우가 미친 사람처럼 본부장에게 달려들었다.

"아니, 이 사람이. 지금 회사가 누구 때문에 이 사단이 났는데 난리야, 난리는!"

"뭐가요? 누구 때문이라뇨?"

본부장의 분노로 가득한 눈빛에 이동우의 언성이 조금 잦아들었다. 뭔가 느낌이 이상했다.

그러고 보니 자신을 쳐다보는 다른 지점장들의 시선도 곱지 않았다.

"자네 담당 지역에서 리베이트가 걸려서 사장님이 잡혀갔는데 어디서 큰소리야!"

"……네?"

"ERP 받고 나가는 것만 해도 감사히 생각해야지!"

"…… ."

멍하니 있는 이동우를 놓고 모두 회의실에서 나갔다.

머리에 몰려 있던 뜨거운 피가 한순간에 차갑게 식으면서 몸이 휘청거렸다.

뭐가 어디서부터 잘못된 걸까?

이동우의 머릿속에 한 사람의 얼굴이 떠올랐다. 이동우 지점 섹터에서 리베이트 영업이 심화된 데에는 그 사람의 영향이 절대적이었다.

"김유빈…… 젠장…… 이런 젠장!!!"

그의 공허한 외침이 회의실을 외롭게 울렸다.

유빈이 나중에 듣기에 최한솔과 김철환은 ERP를 받고 백서제약을 퇴사했지만, 이동우는 끝까지 ERP를 거부했다고 했다.

ERP는 권고사직이나 마찬가지였다.

만약 ERP 대상 사원이 조건을 받아들이기를 거절한다면 회사에서는 책상을 빼는 등 별별 불이익을 줘서라도 그 사람을 쫓아냈다.

이동우는 지점장에서 지방팀의 일반 영업사원으로 강등되고 회사를 위기에 처하게 한 장본인이라는 따가운 눈총을 받았지만, 그 나이에 회사를 나와서는 할 수 있는 일이 아무것도 없었다.

온갖 설움을 다 당했지만, 이동우는 참고 버텨 내는 수밖에 없었다.

우연히 이야기를 들은 유빈은 인연과 업에 대해서 다시 생각해 볼 수밖에 없었다.

결과적으로 이동우는 악연이라기보다는 유빈이 지금의 모습이 될 수 있는 원동력이었다.

어떤 사람은 생을 넘어서야 업이 해소되는 반면 이동우는 유빈에게 행한 그대로 현생에서 업의 대가를 치르고 있었다.

어드민으로부터 미리 DDD 자료를 받은 장결희 본부장이 직원 하나하나의 실적을 살펴봤다.

그가 본부장이 된 이후 매달 한 번도 빠뜨리지 않은 의식이었다.

'호오, 최석원이. 이번 달에 실적이 많이 올랐네.'

강남1팀의 실적을 살펴보던 장결희 본부장이 빙그레 미소 지었다.

낮은 실적을 올리기도 어려웠지만 140%에 육박하는 실적을 올리기는 상대적으로 더 힘든 일이었다.

그런데도 최석원의 실적이 2분기 대비 7%가량 높아져 있었다. 덩달아 강남1팀의 실적도 상승해 있었다.

아무래도 올해 역시 강북팀이 강남팀의 아성을 깨기는 쉽지 않아 보였다.

다른 팀은 2분기와 비슷한 수준을 유지하고 있었다.

다음은 그가 기대하는 강북2팀이었다.

"응?"

장결희 본부장이 자기도 모르게 소리를 냈다.

강북2팀의 달성률이 말도 안 되게 높아져 있었다. 강남1팀과 비교해도 훨씬 높았다.

처음으로 강북팀이 강남팀의 달성률을 넘어섰지만, 장결희 본부장의 시선은 다른 곳에 가 있었다.

"음……."

다시 한 번 침음성이 그의 입술 사이로 새어 나왔다.

2분기에 179%였던 강북구의 달성률이 245%로 오른 것을 필두로 노원구 173%, 도봉구 184%, 의정부 167%로 전체 달성률이 146%에서 192%로 무려 50% 가까이 증가되어 있었다.

유빈의 전임자가 일했던 1분기 실적과 2, 3분기 실적을 합해 봐도 149%라는 무시무시한 숫자가 나왔다.

장결희 본부장의 뚫어질 듯한 시선이 머물러 있는 곳은 바로 유빈의 실적이었다.

아무리 봐도 비정상적인 실적에 확인을 거듭했지만, 숫자는 거짓말을 하지 않았다.

신제품이 아닌 이상 고객이 한정된 제약영업에서 석 달 만에 실적을 50%나 올리는 일은 불가능이나 다름없었다.

삼십 년 이상의 영업 경험으로 무장된 본부장도 경험해 보지 못한 숫자였다.

아무리 날고 긴다 해도 손바닥 위에서 놀 줄 알았던 신입사원이 어느새 그의 머리 위에서 날아다니고 있었다.

똑똑.

"들어오세요."

자료에 심취해 있던 장결희 본부장이 노크 소리에 반사적으로 반응했다.

"바쁘신가?"

"엇, 전무님!"

장결희는 고개를 들어, 들어온 사람을 확인하고는 자리에서 벌떡 일어났다.

박용신 영업 총괄 본부장이 웃으며 들어오고 있었다.

"장 이사, 내가 방해한 거요?"

"아닙니다. 부르시면 갔을 텐데, 직접 오셨습니까?"

"여성건강사업부 3분기 실적이 많이 올라서 격려도 할 겸 얼굴 한번 보러 왔네."

그러고 보니 장결희 본부장은 개인 실적을 보느라 전체 실적은 확인하지 못한 상태였다.

"다른 사업부에 비해 여성건강사업부 실적이 월등히 올랐네. 수고했네."

나이가 들어도 칭찬은 좋은 것이었다.

특히 상사에게 받는 칭찬은 갈증 날 때 마시는 시원한 물과 다름없었다.

"제가 뭘 한 게 있겠습니까. 다 직원들이 열심히 해준 덕분입니다."

삐져나오는 웃음을 애써 참으며 겸양의 미를 보였다.

"그건 그렇고 자네, 그 친구 실적은 봤나?"

이름을 말하지 않았지만, 누구를 말하는지 바로 알 것 같았다.

"예, 지금 보고 있었습니다."

"자네가 목표를 잘못 설정할 리는 없고 1분기에 전임자가 별다른 실적을 내지 못했으니 이 말도 안 되는 실적은 오롯이 그 친구의 몫이라는 거군."

"예, 방금 훑어보니 A급 병원이 있는 브릭에서도 실적이 올랐지만, 그보다는 별다른 병원이 없는 브릭에서 실적이 치솟았습니다. 아무래도 그쪽 동네에 새로 대형 병원이 생긴 것 같습니다."

장결희 본부장은 자기가 이해한 방향으로 설명했다. 그거 말고는 설명할 길이 없었다.

"흐음, 나도 살펴봤는데 그렇게 설명하기에는 실적이 오른 브릭이 한 군데가 아니던데. 도봉구 쌍문동, 노원구 공릉 1동은 2분기 대비 처방량이 10배를 넘었고, 2배 이상 증가한 브릭도 상당하다네. 어떻게 생각하나?"

"솔직히 저도 DDD만 봐서는 김유빈이 어떻게 실적을 올렸는지 감이 잘 오지 않습니다."

"그래서 말인데, 3분기 싸이클 미팅 전에 각 영업부서 임원진과 마케팅 대상으로 영업 프레젠테이션을 시켜 보는 건 어떨까?"

"다른 부서도 함께 말씀이십니까?"

"새로운 아이디어가 있으면 서로 배우고 해야지. 언제까지 부서 편 가르기만 할 텐가. 다 같은 제네스 직원인데."

문득 라이벌인 권 이사의 얼굴이 떠오른 장결희 본부장이 회심의 미소를 지었다.

"전무님 말씀이 옳습니다. 그럼요. 우리 모두 제네스 직원이죠. 저희 부서 직원이 도움된다면 당연히 해야지요."

"허허, 그래. 그럼 회의 시간 잡아서 캘린더에 띄우겠네. 첼시 사장님도 참석할 걸세."

"사장님이요?"

"사장님이 요즘 여성건강사업부에 관심이 많으시네. 이번 회의도 직접 지시하셨네."

장결희 본부장은 사장이 자신의 부서에 관심이 많다는 말에 들떴지만, 그다음 나온 말에 표정이 심각해졌다.

사장이 영업사원의 발표를 지시한 건 부임 후 처음 있는 일이었다. 게다가 대상도 전 부서 임원이었다.

"사장님이 직접……."

"자네한테도 좋은 기회이기는 하지만 동시에 발표가 수준 이하이거나 제대로 진행이 안 된다면 오히려 역효과일 수도 있다는 사실을 명심하게나."

꿀꺽.

장결희 본부장이 마른침을 삼켰다.

사실 여성건강사업부는 다른 사업부와 비교해 매출이 낮은 편이었다. 그런 이유로 장결희 본부장은 평소 다른 사업부 본부장에 비해 한 수 처진다는 느낌을 지우지 못했다.

이번 일은 장결희 본부장에게 회사 내에서 자신과 여성건강사업부의 위상을 높일 절호의 기회였다.

차기 총괄 본부장을 꿈꾸는 그로서는 권 이사보다 한걸음 앞서 나갈 기회이기도 했다.

박용신 전무가 방에서 나가자 장결희 본부장이 다시 한 번 유빈의 실적을 살펴봤다.

다시 봐도 놀랄 만한 수치였다.

모든 임원진 앞에서의 회의가 걱정되기도 했지만, 그만큼 기대가 되어 기분이 좋아진 장결희였다.

김유빈은 진짜배기였다.

회사에 들어온 지 이제 6개월 남짓 됐는데도 불구하고 변화를 일으키고 있었다. 제네스 코리아뿐만 아니라 어떤 제약 회사의 누구도 하지 못한 일을 김유빈은 결과로 보여 주고 있었다.

장결희 본부장은 과연 김유빈이 어디까지 커 나갈지 궁금해졌다.

"잠깐, 그런데 김유빈, 이 녀석. 이 상태로 올해를 마무리하면 도대체 받게 되는 인센티브가 얼마야? 하하하!"

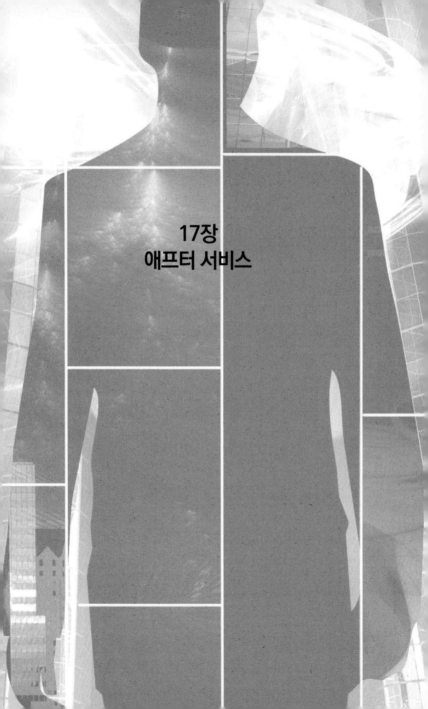

17장
애프터 서비스

자신을 두고 어떤 이야기가 벌어지는지도 모른 채 유빈은 커피숍에서 인터넷에 빠져 있었다.

유빈이 보고 있는 것은 산부인과의 홈페이지였다.

정보대학교에 다니는 동생인 승규가 만들어 준 홈페이지가 각 병원의 상황에 맞춰 업데이트되어 있었다.

홈페이지가 운영된 이후로 의사들은 젊은 환자가 많이 늘어났다고 고마워했다.

당연히 피레논의 처방도 그에 맞춰 증가했다.

유빈은 요즘 가장 핫한 사랑산부인과의 홈페이지에 들어갔다.

Q&A 게시판에는 수많은 상담글이 올라와 있었다.

대부분 비밀글이라 볼 수 없었지만, 간간이 오픈되어 있는 글도 있었다.

그런 글들은 질문이라기보다는 김이진 원장에 대한 감사 글이 대부분이었다.

-안녕하세요. 원장님. 저는 며칠 전에 방문했던 OOO입니다. 처음으로 산부인과를 방문했는데, 원장님과 간호사 선생님이 친절하게 진찰해 주시고 마음 편하게 해 주셔서 너무 감사했습니다. 전에는 산부인과에 대한 두려움이 있었는데 이제는 완전히 사라졌습니다.

-……나중에 졸업하더라도 사랑산부인과로 진료받으러 와야겠네요. 원장님 짱이에요! 감사합니다!

-산부인과라고 해서 처음에는 꺼려졌는데, 인테리어가 카페같이 예뻐서 어느새 긴장이 풀리고 편하게 진료받을 수 있었습니다.

-무엇보다도 선생님께서 너무 친절히 상담해 주시고, 간호사 언니도 친절해서 기분이 좋았습니다. 무리한 처방도 안 하시고 일상에서 지켜야 할 방법을 잘 가르쳐 주셔서 좋았습니다. 저 같은 대학생은 약값도 걱정이라 ㅠㅠ

내 병원이 아니었지만 글만 읽어도 가슴이 훈훈해졌다. 당사자가 보면 얼마나 기쁠까 생각하니 더욱 기분이 좋아졌다.

그런데 죽 스크롤을 내리며 글을 읽어 가던 유빈의 표정이 조금씩 굳어졌다.

-대기 시간이 너무 기네요. 예약제로 하면 좋을 것 같아요.

-한 시간 넘게 기다렸는데 진료는 5분밖에 안 했어요. 원장님은 좋지만, 다음에도 이렇게 기다려야 하면 다른 병원으로 갈 것 같습니다.

최근 게시글에 대기 시간이 길다는 글이 몇 개씩 보였다. 환자가 많아져서 좋기는 하지만 대기 시간이 길어진 건 사실이었다.

지금은 초기라 감사하다는 의견이 훨씬 많았지만, 앞으로 이 부분을 해결하지 못하면 문제가 커질 게 분명했다. 최악의 경우, 매출 증대는 단발성의 이벤트로 끝날 수도 있었다.

어떻게든 해결을 해야 했다.

유빈은 일부러 김이진 원장을 만나지 않고 사랑산부인과 대기실에서 환자들을 살폈다.

대기 시간이 길어질수록 표정도 그렇거니와 오라의 색도

어두워졌다.

긴 기다림 끝에 겨우 이름이 불려 진료실에 들어갈 때 반짝 오라가 밝아졌지만, 영향은 남아 있었다.

저런 상태로 진료받으면 만족감이 떨어질 수밖에 없었다. 그나마 김이진 원장이 친절해서 큰 문제가 되지 않는 것이었다.

직접 눈으로 확인하니 홈페이지에 남겨 놓은 글이 더욱 심각하게 다가왔다.

진료실에서 만난 김이진 원장도 어렴풋이 문제점을 느끼고 있었다.

예전에는 하루에 보는 환자 수가 열 명을 넘기지 않았기 때문에 여유를 가지고 꼼꼼하게 진료해 줄 수 있었다.

하지만 이제는 그녀도 환자들이 대기실에서 오래 기다린다는 사실을 알고 있다 보니 진료 시간이 짧아질 수밖에 없었다.

그야말로 악순환이었다.

간호사를 한 명 더 뽑았지만, 예전의 병원 시스템으로는 밀려드는 환자를 제대로 소화하지 못했다.

"마음은 그게 아니에요. 더 당부할 말도 있고 이야기도 꼼꼼히 들어 보고 싶은데 그렇게 못 하니까 저도 스트레스를 받네요. 환자들은 저보다 더하겠죠."

김이진 원장은 유빈에게 더는 말하지 않았다.

그녀는 지금 상황만으로도 유빈에게 감사할 따름이었다. 여기서 뭔가를 더 부탁한다는 건 그녀의 성격이 용납하지 않았다.

유빈도 김이진 원장의 마음을 알고 있었다.

하지만 사랑산부인과는 그에게도 중요한 병원이었다. 꼭 원장 때문이 아니더라도 이대로 둘 수는 없었다.

'병원이 너무 안 돼도 문제지만 잘돼도 문제네.'

고심하던 유빈은 생각을 멈추고 일단 움직이기로 했다.

머리로만 생각하는 것보다는 현장을 뛰어다니다 보면 해결책이 나올 때가 있었다.

우선 사랑산부인과와 규모는 비슷하면서 A급을 유지하고 있는 병원을 찾아갔다.

겉으로 보기에 두 병원은 별다른 차이가 없어 보였다. 하지만 확실히 대기하고 있는 환자들의 오라가 나쁘지 않았다.

"시스템이요? 글쎄요. 우리 병원은 예전부터 이랬어요. 환자들도 단골이 많아서 한 시간 기다리는 건 예사로 알고 와요."

명의로 불리는 원장의 담담한 대답에서 포스가 느껴졌다. 결국, 차이는 기다리는 환자들의 마음가짐이었다. 시스템과는 상관이 없었다.

규모가 같다고는 해도 사랑산부인과에는 전혀 도움이 되지 않았다.

'흐음, 뭔가 방법이 없을까.'

이대로 시간이 지날수록 상황은 악화할 것이 분명했다.

사랑산부인과가 A급 병원으로 거듭나느냐 아니면 그저 그런 B급 병원에서 멈추느냐는 대기 시간에 대한 컴플레인을 해결할 수 있느냐에 달려 있었다.

고민에 쌓여 있는 유빈의 머릿속으로 자연스럽게 전생의 기억이 스쳐 지나갔다.

해결해야 할 문제가 있을 때는 자연스럽게 무의식 층이 열리는 느낌이었다. 마치 전생이 '옜다' 하며 힌트를 던져 주는 것 같았다.

미국인 영업사원이었던 전생에서 유빈은 수많은 일을 겪고 해결했다.

그중 대부분은 고객의 마음을 얻기 위한 행동이었다.

그런데 하나하나 사건을 기억할수록 혼자서 해결한 일은 거의 없다는 것을 알 수 있었다. 대부분의 경우에 다른 사람의 힘을 빌렸다.

힌트는 간단했다.

'혼자서 낑낑대지 마.'

전생이 말해 주고 있었다.

물론 유빈에게는 범인이 가지지 못한 능력이 있지만 그럼에도 불구하고 한 사람이 모든 일을 다 잘할 수는 없었다.

'그런 뜻인가.'

유빈보다 병원 운영에 대해 잘 아는 전문가는 넘쳤다.

중요한 점은 믿을 만한 사람을 찾는 것이었다. 그리고 그들로부터 도움을 끌어낼 수 있느냐였다.

지금까지 쌓아 놓은 인맥을 활용할 때였다.

유빈은 우선 대형 병원의 사무장에게 전화를 돌렸다.

처음에는 안부 인사로 시작해서 컨설팅에 관해 물어봤다.

하지만 유빈의 생각과는 달리 10년 이상 된 대형 병원은 컨설팅 없이 시작한 경우도 많았다.

우리나라에서 병원 컨설팅 사업 자체가 자리를 잡은 지 몇 년 되지 않았기 때문이었다.

그렇게 전화를 돌리던 유빈은 써니힐병원 사무장과 연결되었다.

시위녀와 엔젤로 사건 이후로 유빈을 좋게 본 사무장은 다른 사람보다 자세하게 대답해 줬다.

─컨설턴트요?

"네, 사무장님. 작은 클리닉도 컨설팅해 주는 곳이면 좋을 것 같습니다."

-글쎄요. 우리도 병원도 규모가 커지면서 컨설팅을 받기는 했지만, 그쪽은 대형 병원 위주로 하는 곳이었어요……. 음. 잠깐만요.

무언가 뒤적이던 소리가 들렸다.

-혹시 몰라서 봤는데 명함첩에 남아 있네요. 그때 여기저기 많이 알아봤거든요.

"아, 다행이네요."

-우리도 마지막에 두 군데로 압축되었는데 우리가 계약한 곳은 미래프렌즈라는 업체입니다. 그리고 다른 한 곳은 어디였더라…… 아, 메디파트너스 여기네요. 이 두 회사가 제일 괜찮았어요.

사무장은 유빈이 또 어떤 일을 꾸미고 있나 궁금해하면서 설명했다. 영업사원이 컨설팅 회사를 찾는 것 자체가 신선했기 때문이다.

"미래프렌즈라는 곳은 대형 병원 위주로 한다고 하셨죠? 메디파트너스도 그런가요?"

-그 회사는 아, 이제 생각이 나네요. 메디파트너스 대표는 꽤 젊었는데 저서도 있고 컨설팅 계획도 좋았고 열심히 하려는 마음도 보였는데 뭐라 할까나, 사람이 아메리칸 스타일이라고 할까요. 자기 전문 분야에 대한 자존심이 강해서인지 원장님과 부딪혔을 때도 굽히지를 않더라고요. 한국에서

는 또 그런 게 아니잖아요.

"무슨 말씀인지 알 것 같습니다."

—그래서 우리 병원은 미래프렌즈로 결정했죠.

"사무장님, 혹시 제가 연락처 좀 받을 수 있을까요?"

—그럼요. 편할 때 들르세요.

써니힐병원 사무장에게 컨설팅 회사의 명함을 받은 유빈이 하나씩 연락해 봤다.

다행히 미래프렌즈와 메디파트너스 모두 미팅을 잡을 수 있었다.

전화뿐이었지만 첫인상은 미래프렌즈에 한 표였다.

깔끔한 비즈니스 매너로 전화를 받아 미팅을 잡은 미래프렌즈와 달리 메디파트너스는 일단 통화음이 한참 울리고서야 전화를 받았다.

게다가 전화를 받은 여성은 확신 없이 말하면서 대답도 우물쭈물했다. 약속을 잡기는 했지만 영 미덥지가 않았다.

마음이 살짝 기울었지만. 유빈은 그래도 두 회사를 다 방문하고 결정할 생각이었다.

우선은 인터넷으로 두 회사를 검색해 보려는데 마침 유빈의 전화기가 울렸다.

전화기 화면에 뜬 이름은 부산팀으로 발령 난 동기인 김기석이었다.

"기석아, 오랜만이네."

ㅡ형님, 잘 지내셨어요? 아니지, 형님, 축하드려요!

마산이 고향인 김기석은 나이 차이도 얼마 나지 않는데도 유빈에게 늘 존댓말을 썼다.

김기석 역시 신입사원 교육 때 유빈에게 이것저것 도움을 받았다. 그저 나이만 많은 사람보다 그에게 김유빈은 진짜로 형님이라고 부르고 싶은 사람이었다.

"응? 뭘?"

ㅡ에이, 알면서 그러신다.

"……."

ㅡ형님, 설마 아직 DDD 안 본 거예요?

유빈이 침묵을 지키자 김기석이 놀란 듯이 물었다.

그러고 보니 오늘은 DDD 자료가 나오는 날이었다.

매달 15일에 자료가 나오는데 유빈은 완전히 잊어버리고 있었다.

"그러게, 아직 확인 못 했네."

ㅡ진짜요? 형님 실적 대박이에요! 전체 달성률이 190%를 넘었어요!

"그래?"

김기석이 민망할 정도로 유빈은 이야기를 듣고도 담담했

다. 200% 정도를 예상한 그로서는 적절한 실적이었다.

유빈의 머릿속을 여전히 채우고 있는 것은 실적보다는 사랑산부인과였다.

초반에는 유빈도 숫자에 매달렸지만, 언제부터인가 실적보다는 병원과 고객이 그에게 더 중요했다. 그런 마음으로 영업하다 보면 실적은 자연스레 따라왔다.

기석과 통화를 마친 유빈이 문득 지금까지의 달성률로 받을 수 있는 인센티브를 계산해 봤다.

3분기 통틀어 50% 가까이 초과 달성을 했으니 인센티브로 거의 1억을 받을 수 있었다.

그리고 4분기에 실적이 더 오른다면 유빈이 받을 수 있는 금액은 훨씬 더 높아질 수 있었다.

조금만 더 열심히 한다면 얼마 지나지 않아 어머니에게 강아지들과 마음 편히 지낼 수 있는 집을 마련해 드릴 수 있을 것 같았다.

좋아하실 어머니를 생각하니 미소가 저절로 그려졌다.

아버지가 돌아가시고 여동생인 인아도 하늘나라로 간 지금 그에게 남은 유일한 가족은 어머니뿐이었다.

유빈은 그저 어머니가 행복했으면 하는 바람이었다.

그렇기 때문에 어머니가 하는 일은 모두 지지해 주고 싶었다. 그리고 가능하다면 도움이 되고 싶었다.

백서제약을 다닐 때는 마음뿐이었지만, 이제는 실제로 어머니를 도울 수 있었다.

비록 자주 찾아뵙지는 못해도 예전처럼 아버지와 인아에게 부끄럽지 않았다.

기석을 필두로 동기들로부터 몇 통의 전화를 연속으로 받은 후에야 전화기가 잠잠해졌다.

자기 일도 아닌데 축하해 주는 동기 동생들의 모습에 마음이 훈훈해졌다.

유빈도 당장 DDD 자료를 분석해 보고 싶었지만, 그보다는 사랑산부인과 건을 해결하는 일이 먼저였다.

다시 검색해 보려는데 또다시 전화기가 울렸다.

'일 좀 하자.'

또 다른 동기인 줄 알았지만, 이번에는 이혁 지점장이었다.

"지점장님, 김유빈입니다."

"그래, 유빈아, 통화 괜찮아?"

"네. 괜찮습니다."

"지금 바로 본사로 들어갈 수 있어?"

오늘은 목요일. 월요일에 회사에서 행정 일을 다 처리했기 때문에 본사에 또 들어갈 일은 없었다.

"지금요?"

"본부장님이 전화하셨네. 우리 둘 다 들어오래. 나는 지금 가는 중이니까 회사 도착하면 연락해."

"알겠습니다."

차분하게 이야기했지만, 지점장의 목소리가 왠지 들뜬 것처럼 느껴졌다.

아무래도 병원 컨설팅 회사를 검색해 보는 일은 다음으로 미뤄야 할 것 같았다.

"발표 말씀이세요?"

장결희 본부장의 이야기에 유빈은 물론이고 이혁도 의아해했다.

본부장실에서 두 사람을 마주한 장결희 본부장이 묵직한 표정으로 호출한 이유를 설명했다.

유빈의 실적에 대해 한참 동안 유빈은 물론이고 이혁도 치켜세운 후, 장결희 본부장이 요구한 것은 싸이클 미팅에서의 발표가 아닌 임원진 대상 발표였다.

"전례 없는 일이기는 하지만 첼시 사장님이 직접 지시하신 일입니다. 마케팅 부서를 비롯한 타 사업부의 영업팀 임원들이 전부 참석하니까 발표 준비를 철저히 해 주세요."

"하지만 왜 다른 사업부까지…… 영업 환경이 서로 달라서 별 도움도 안 될 텐데요."

가만히 있는 유빈을 대신해 이혁이 물었다.

"물론 맞는 말입니다. 하지만 영업이라는 게 기본은 다 같은 거지요. 안 그래도 다른 사업부에서 조금씩 말이 나오는 것 같습니다. 내가 목표치 설정을 잘못해서 유빈 씨의 실적이 나올 수 있었다는 이야기도 있고요. 그런 오해를 그냥 놔둘 수는 없지 않겠습니까?"

유빈은 둘의 대화를 가만히 듣고 있었다.

좋은 기회였다.

어차피 빨리 두각을 드러내야 본사 CEO인 마크 램버트에게 한 발짝이라도 가까워질 수 있었다.

승진이라는 건 주로 타 부서로 이동하면서 기회가 나는 법. 여성건강사업부에 뼈를 묻을 생각이 없는 유빈으로서는 다른 사업부의 임원들에게 좋은 인상을 줘서 나쁠 건 없었다.

"일반적인 발표로는 안 되겠군요."

유빈이 조용히 말했다.

사장이 지시한 일을 적당히 할 생각도 없었지만, 그저 열심히만 한다고 해서 될 일도 아니었다.

마케팅 부서와 영업팀 임원의 마음을 움직일 만한 발표여야 했다. 다만 유빈은 아직 어떤 방향으로 그들의 마음을 움직여야 할지 감이 잡히지 않았다.

사장의 의도가 파악이 안 된다는 뜻이었다.

'사장님을 만나 봐야 하나……'

"힘들겠지만 김유빈 씨가 잘 준비해 주십시오."

사실 장결희 본부장도 유빈과 마찬가지였다.

그가 해줄 수 있는 말은 격려뿐이었다.

도대체 사장이 무슨 생각으로 유빈에게 발표를 시켰을지 짐작조차 되지 않았다. 단순히 실적과 영업 방법을 나열하는 것만으로는 부족할 것이 분명했다.

"알겠습니다. 본부장님. 아직 어떤 발표가 될지는 모르겠지만, 고심해 보겠습니다."

정리되지 않은 마음과는 달리 유빈은 단단한 표정으로 답했다. 신뢰감을 주는 얼굴이었다.

"좋습니다. 내 도움이 필요하면 언제든 요청하세요."

장결희 본부장이 유빈의 어깨를 두드려줬다.

여기서 그만둘 수도 없는 일이었다. 유빈을 믿고 맡길 수밖에 없었다.

최석원은 콧노래를 흥얼거리며 엑셀 파일을 열었다.

9월 DDD가 나오기를 얼마나 학수고대했던가.

강남구와 분당구 의사회를 개최한 결과가 슬슬 실적에 반영될 때였다.

"좋아!"

그의 기대대로 전체 달성률이 7% 높아져 있었다. 그에 따라 3분기 통산 달성률은 136%가 되어 있었다.

김유빈의 2분기 실적이 말도 안 되게 높았지만, 그것은 단지 써니힐병원을 공략한 초기 효과라고 생각했다. 써니힐병원같이 초대형 A급 병원을 하나 더 뚫지 않는 이상 3분기에는 절대 그 정도 실적이 나올 수 없었다.

해 놓은 게 있으니 써니힐병원의 실적도 주춤할 테고 한결 마음이 편해진 최석원이 유빈의 실적을 살폈다.

"……!"

공공장소가 아니라면 마구 소리를 지르고 싶었다.

최석원은 한동안 움직일 생각을 못 했다. 조금이라도 움직였다가는 분을 못 참고 주변에 있는 물건을 다 부숴 버릴지도 몰랐다.

'어떻게…… 이런 숫자가…….'

아무리 생각해도 이해가 되지 않았다.

아니, 자료가 뭔가 잘못된 것이 분명했다.

강남구와 분당구 의사회를 성공적으로 마친 자신의 실적

이 7% 오르는 동안 김유빈은 무려 50% 가까이 달성률이 올랐다.

근소한 차이도 아니고 비교조차 할 수 없는 수치였다.

그가 수를 부린 써니힐병원이 있는 강북구의 실적은 자신을 조롱하는 듯이 200%를 훌쩍 넘었고, 여대에서의 행사를 망쳤다고 알고 있는 도봉구도 184%였다.

184%라니?

강북구의 실적은 애써 이해한다 치고 도봉구에서 치솟아 오른 실적은 감조차 오지 않았다.

"고 선생이 날 속인 건가? 아니야, 사진이 있잖아. 그리고 설사 여대 행사가 성공했다 해도 그게 실적과 무슨 관계가 있지?"

혼란스러운 머리로 혼잣말을 중얼거린 최석원이 고원일에게 전화를 걸었다.

하지만 그의 답변은 전에 했던 말과 변함이 없었다.

"사진에 찍힌 그대로입니다. 제가 하는 일이래 봤자 대상을 따라다니면서 사진 찍고 상황 보고하고 그게 다 아닙니까. 실적이 왜 오른지야 제가 알 수가 없죠."

"……."

최석원이 혼자서 어떤 음모론을 펼치든 간에 3분기를 통틀어 현재 베스트 MR은 김유빈이었다.

마지막 분기가 남아 있지만, 정상적인 영업으로는 도저히 역전할 수 없는 차이였다.

"그래, 아버지라면…… 아버지라면 방법이 있을 거야!"

패닉 상태의 최석원이 의지할 곳은 아버지인 최상렬뿐이었다.

"한심한 녀석! 내가 영업할 때는 단 한 번도 베스트 MR을 놓친 적이 없다. 나는 맨땅에서 시작했지만, 네 녀석은 수저로 밥을 떠먹여 주는데도 못 먹는구나."

최석원의 전화를 받은 최상렬은 애써 화를 억눌렀지만, 목소리가 커지는 건 어쩔 수 없었다.

－죄송합니다. 아버지. 이번 한 번만 도와주십시오.

더는 말도 아깝다는 듯이 최상렬은 전화를 냉정하게 끊었다.

그 역시 3분기 실적을 막 확인한 참이었다.

아들의 방해 공작은 아무런 소용도 없었고 오히려 김유빈과의 실적은 비교할 수 없을 정도로 차이가 났다.

아들은 다시 도와달라고 하고 있지만, 최상렬은 그의 바람에 응할 생각이 전혀 없었다.

스스로 어떻게 해볼 생각은 해보지 않고 자신에게 또 의존한다는 것은 이번 한 번이 문제가 아니라 앞으로 비슷한 문제가 생겨도 가망성이 없다는 뜻이었다.

김유빈을 향해 드러낸 아들의 독기를 보며 잠시나마 자신의 젊은 날을 본 것 같아 기분이 좋았지만, 역시 그뿐이었다.

최상렬은 아들이 도와달라기에 그다지 내키지 않은 방법을 사용했다.

김세윤 원장과 해외에서 골프를 치고 도매부 상무인 전광용을 매수해 최석원을 측면에서 도왔다.

하지만 거기까지였다.

여기서 더 무리하게 최석원을 도왔다가는 자신의 위치가 흔들릴 수도 있었다.

김유빈이 나타나기 전까지는 아들인 최석원은 그래도 못 봐 줄 수준은 아니었다.

한데 한두 번 좌절을 겪으니 나약하고 비루한 본성이 드러나 버렸다. 자신의 핏줄이라고 말하기 창피할 정도였다.

"쯧쯧, 장애물 하나 스스로 넘지 못하고 다시 도움을 청하다니."

어렸을 때, 찢어지게 가난했던 최상렬은 모든 성과를 혼자의 힘으로 일궈 냈다.

배고플 때는 수돗물을 먹어 가며 굶주린 배를 잠재웠다. 살아남기 위해 남을 배려하는 일 따위는 없었다.

모든 일이 그에게는 죽기 아니면 살기였다.

그렇게 죽기로 공부해 최고의 명문 대학에 입학했고 그 이후로는 어떤 일이든 일 등을 놓친 적이 없었다.

제네스 코리아에 입사할 때도 수석, 영업 일을 하면서도 베스트 MR이 아닌 해가 없었다.

최상렬이 그 좋은 머리로 악바리 같은 근성으로 의대를 안 가고 약대를 졸업해 제네스를 선택한 이유는 단순했다.

일단 6년제인 의대를 졸업해 인턴, 레지던트를 거쳐 전문의가 되기까지는 너무 많은 시간이 걸렸다. 가난한 그의 사정으로는 무리였다.

그로서는 약국이든 회사든 취업하기가 쉽고 확실히 돈을 벌 수 있는 약사 면허가 맞았다.

그렇다고 구멍가게 같은 약국에서 일하기에는 그의 욕심이 컸다.

최상렬은 한국 안에서나 떵떵거리는 국내 대기업보다는 글로벌하게 영향력이 있는 외국계 회사가 매력적으로 느껴졌다.

게다가 대기업은 오너의 아들이 결국 사장이 되는 구조였다. 배경 없는 그로서는 올라갈 수 있는 한계가 있었다.

그래서 약사 면허 소유자인 그가 선택한 회사가 바로 다국적 제약사인 제네스코리아였다.

그는 회사를 선택할 때부터 지금의 자리를 지나 더 높은 자리에 있을 거로 확신한 것이었다.

그런 마음으로 일하니 승진은 당연했다.

그런 와중에 짓밟은 사람은 셀 수 없이 많았지만 그는 한 번도 자신이 잘못되었다고 생각하지 않았다.

자신은 단지 꿈이 큰 것뿐이었다.

그보다 강한 사람이 있었다면 밟힌 사람은 자신이었을 것이다. 하지만 아직까지 그에게 대적할 만한 사람은 없었다.

그렇게 승승장구하면서 확신한 것처럼 지금의 자리에 올랐다.

한국인으로서는 최고의 자리였다. 하지만 최상렬은 거기에 만족하지 않았다.

위에 누가 있다는 사실이 싫었다.

하지만 아무리 실적을 잘 내도, 본사 직원에게 손발이 다 닳도록 아부를 해도 부사장이 한계였다.

몇 번의 고배를 마신 뒤부터, 최상렬은 조용해졌다.

겉으로는 부사장의 역할에 충실했고, 사장의 지시는 칼같이 따랐다.

그렇게 몇 년이 흐르면서 사장은 계속 바뀌었지만, 최상렬은 부사장의 위치를 공고히 했다.

그리고 영업팀과 마케팅 팀을 비롯한 여러 부서의 주요 자리에 최상렬 라인의 사람들이 하나둘씩 발령이 났다.

아들인 최석원도 그에게는 여러 포석 중의 하나였다.

하지만 포석은 포석일 뿐, 쓸모없어진 돌은 버리는 게 그의 철칙이었다.

생각에 빠진 최상렬의 내선 전화에 불빛이 들어왔다.

비서였다.

"무슨 일이에요?"

—다음 주 수요일에 대회의실에서 회의가 잡혔습니다. 부사장님도 CC(참조인)로 되어 있어서, 참석하실 건가 해서요.

"참석자가 누구죠?"

—첼시 사장님과 박용신 전무님 그리고 영업팀 임원과 마케팅 부서입니다.

"……그런 큰 회의에 내가 CC라고?"

—저도 그게 의아해서 확인 드린 겁니다.

"발표자는?"

—김유빈으로 되어 있습니다.

"김유빈? 흠…… 알겠습니다. 참석한다고 답장하세요."

전화기를 내려놓은 최상렬의 눈이 빛났다.

"나를 CC로 한 회의라……."

기분이 나빠야 할 일이지만, 최상렬은 그보다 사장과 전무가 얼마나 상황을 파악하고 있는지 궁금했다.

그들도 이제야 뭔가가 잘못 돌아가고 있다는 것을 알아챈 것 같았다.

그러고 보면 첼시 사장이 능력 있다는 생각이 문득 들었다. 전 사장이었던 칼 바우츠만은 2년 동안 아무것도 안 하고 본사로 돌아갔었다.

그리고 김유빈.

아직 녀석이 어떤 역할을 할지는 알 수 없었다.

하지만 사장이 처음으로 움직인 패였다.

일단은 정보가 더 필요했다.

최상렬은 다시 내선 전화의 버튼을 눌렀다.

"아, 유 차장? 시간 괜찮으면 잠깐 올라올 수 있어요?"

—네, 부사장님. 바로 올라가겠습니다.

부사장실에 올라온 사람은 여성건강사업부 마케팅 헤드 유진영 차장이었다. 그녀 역시 최상렬 부사장의 사람이었다.

회의 내용에 대해서는 정확히 알 수 없지만, 그녀의 추측으로는 이번 회의는 아마 유빈을 내근 부서로 불러들이기 위한 수순일 거라는 이야기였다.

유진영 차장의 보고를 들은 최상렬 부사장의 입꼬리가 살짝 올라갔다.

그녀의 보고대로라면 오히려 잘된 일이었다.

어떤 일을 처리할 때 최상렬은 끓는 물에 갑자기 개구리를 넣는 방법보다는 뜨거운 물의 온도를 천천히 올리는 방식을 선호했다. 오랜 기간 준비할수록 실패할 확률은 낮았다.

첼시 사장이 뭔가를 느끼고 움직인다면 이미 물은 충분히 뜨거워진 후였다.

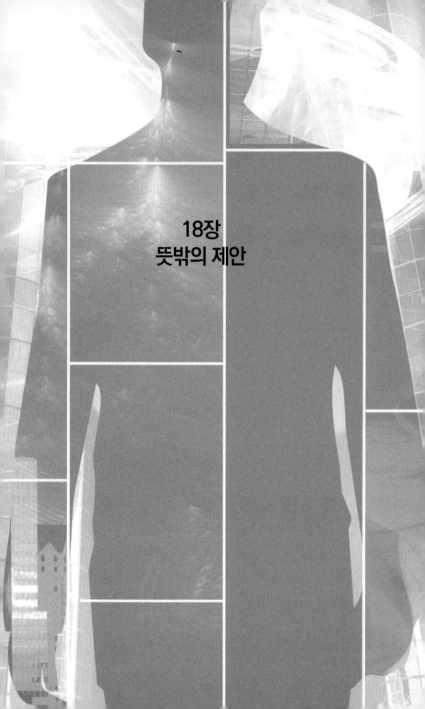

18장
뜻밖의 제안

유빈은 발표 준비를 하면서 영업도 소홀히 하지 않았다. 특히 사랑산부인과 문제는 빨리 해결해야 할 문제였다.

유빈은 일과를 끝내고 약속 시각에 맞춰 도곡동에 있는 미래프렌즈로 향했다.

"이런 회사는 왜 다 강남에 있는 건지……."

대중교통으로 움직이기에 유빈의 담당 지역에서 도곡동까지는 꽤 먼 거리였다.

유빈을 맞은 사람은 미래프렌즈의 여자 팀장이었다.

생각보다 회사의 규모가 상당했다.

직원도 많았고 팀이 나뉘어 있는 걸 보니 진행하는 컨설팅도 여러 개인 모양이었다.

"도봉구에 있는 사랑산부인과라고 하셨죠? 클리닉이네요. 원장님 혼자 진료하시고…… 혹시, 다른 곳에서 컨설팅을 받은 적이 있나요?"

노트북으로 사랑산부인과 홈페이지를 둘러본 팀장이 의외라는 표정으로 물었다.

일반 클리닉이라고 하기에는 체인 병원처럼 인테리어도 훌륭했고, 홈페이지도 세련된 형태였다. 의사가 혼자서 꾸몄다고 믿을 수 없을 정도였다.

"아닙니다. 컨설팅받은 적은 없습니다."

유빈은 내심 기분이 좋았다. 컨설팅 회사가 인정할 정도라면 승규가 만든 홈페이지가 훌륭하다는 이야기였다.

하지만 유빈의 기분과는 반대로 팀장의 표정은 좋지 않았다. 그녀의 입장에서는 처음부터 끝까지 모든 것을 컨설팅해야 수익이 나오기 때문이었다.

"사랑산부인과에서 원하는 컨설팅은 환자 관리 분야입니다. 최근에 환자가 급격히 증가해서 대기 시간이 길어지고 있습니다."

"흐음, 그렇군요. 그런데 환자 관리만 컨설팅받아도 토탈 솔루션과 기본적인 비용은 크게 차이가 없습니다."

"네? 왜 그렇죠?"

"병원을 분석할 때 환자 관리 분야만 나눠서 볼 수 없기 때문입니다. 전체를 다 분석해야 하는데 그렇게 되면 비용 차이가 얼마 나지 않습니다."

"토탈 솔루션은 비용이 어떻게 하나요?"

"대형 병원인 경우 기본이 3,000만 원에서 시작합니다. 사랑산부인과의 경우에는 클리닉이니까 2,000만 원 정도로 책정할 수 있는데 원하시는 분야가 한정되어 있으니까 그 정도 선에서 디씨도 가능합니다."

이런 도둑놈들.

말도 안 되는 가격이었다. 컨설팅 비용은 김이진 원장에게 부담되지 않는 선이어야 했다.

2,000만 원은 도저히 무리였다.

유빈은 발걸음을 돌릴 수밖에 없었다.

별 소득 없이 회사를 나서는 유빈의 발걸음이 무거웠다. 같은 업계인 이상 다른 회사도 비슷한 조건일 게 분명했다.

"메디파트너스도 비슷하겠지? 컨설팅 공부라도 해야 하려나."

넋두리하는데 유빈의 전화기가 울렸다. 모르는 번호였다.

"미스터 킴? 안녕하세요. 카일라예요. 잠깐 만나고 싶은데 시간 괜찮아요?"

"3분기에 실적에서 뒤지기는 했지만 4분기에 분발하면 아직 모르는 일이야. 우리 팀은 10월에 총력을 한번 쏟아보자고."

강남1팀 박성강 지점장이 직원들을 독려했지만, 말하고 있는 그 역시 힘이 빠진 상태였다.

실적이 강북2팀에 크게 역전된 데다가 베스트 MR 후보인 최석원도 김유빈의 실적에 한참 미치지 못하자 전체적인 팀 분위기가 무거울 수밖에 없었다.

당사자인 최석원은 노트북에서 두 눈을 떼지 않았다.

무슨 생각을 하는지 언제나 부드러웠던 얼굴은 무표정하기 그지없었다.

"큼큼, 그리고 전달 사항이 있다. 이번에 백서제약 대표가 경찰에 고발된 건 다들 알고 있겠지?"

팀원들이 고개를 끄덕였다.

9시 뉴스에도 나온 기사인 데다가 점유율 다툼을 하는 회사다 보니 모를 수가 없었다.

"아무래도 백서제약은 한동안 영업이 위축될 거다. 이 기회에 우리와 겹치는 품목의 점유율을 최대한 많이 빼앗아 와야 하는 건 말하지 않아도 알겠지. 어쩌면 올해 실적을 결정지을 수 있는 변수가 될 수도 있으니까 매일 업무 보고할 때 관련 내용을 포함해서 보고해 주기 바란다."

"네, 알겠습니다."

"지점장님, 그런데 어디 지역에서 걸린 거예요?"

"내가 알기로는 노원구라고 하던데."

"노원구요? 노원구면 김유빈 씨 지역이잖아요. 이야, 그 친구는 올해 운이 좋은가 보네. 그쪽은 백서제약이 완전히 초토화됐을 거 아니에요. 아……."

이야기하다 말고 그제야 최석원의 눈치를 살핀 직원이 입을 다물었다.

"됐어. 그런 이야기는 그만하고. 다들 일 나가 봐."

하지만 최석원은 전혀 들리지 않는 모양이었다.

어쩌면 백서제약 사건은 자신에게 주어진 마지막 기회일지도 몰랐다.

이제 아버지는 집에서도 자신을 아예 쳐다보지도 않았다.

가끔 눈이 마주칠 때도 완전히 투명인간 취급을 했다. 더는 아버지의 도움을 바랄 수 없었다.

"이대로 끝낼 수는 없어…… 이대로는……."

최석원이 박성강에 인사도 하지 않고 중얼거리며 회의실을 나섰다.

사장의 전화에 놀랐지만, 그에 더해 첼시 사장은 직접 유빈의 담당 지역까지 찾아왔다.

안 그래도 발표의 방향에 관해 묻고 싶었는데 때마침 잘된 일이었다.

유빈은 첼시 사장과 만나러 가면서 두 가지 가능성을 생각해 봤다.

첼시 사장이 본사가 있는 삼성동에서 멀리 떨어져 있는 이곳까지 찾아온 이유는 우선 회사의 다른 사람한테 오늘의 만남을 알리고 싶어 하지 않는다는 의미였다.

그리고 일개 사원을 만나기 위해 사장이 직접 움직였으니 어떤 이야기가 됐든 중요한 일임을 알 수 있었다.

신입사원과 거대 제약사업부의 사장.

타이틀만으로는 쉽게 어울릴 수 없는 듀오였지만, 둘은 분명히 노원구의 까페에 마주 앉아 있었다.

둘이 유창한 영어로 대화하자 주변 사람들이 힐끗힐끗 쳐다봤다.

"그러니까 사장님 말씀은 저보고 이번 발표에서 영업팀 임원과 마케팅 부서를 자극해 달라는 뜻인가요?"

유빈은 뜻밖의 이야기에 아직 식지 않은 차를 들이켰다.

"네, 맞아요. 미스터 킴은 잘 모르겠지만, 1등을 계속하다 보면 사람들은 나태해지죠. 일하지 않는다는 뜻이 아니에요. 일은 하지만 새로운 일, 그러니까 혁신적인 시도를 하지 않는 거죠."

"무슨 말씀인지 알고 있습니다. 저도 최근 그런 느낌을 받고 있었습니다."

유빈은 제네스 직원들이 능력은 있지만 새로운 시도를 잘 안 하는 듯한 느낌을 계속 받았다.

한국 사회의 고질적인 병폐일지도 몰랐다. 조직이 어느 정도 결과를 내면서 비대화되면 마치 공무원의 그것처럼 복지부동하게 된다. 아무리 외국계 회사라지만 다른 점은 하나도 없었다. 첼시 사장은 바로 그 점을 꼬집은 것이다.

내부 상황은 잘 모르지만, 영업팀뿐만 아니라 그가 접할 수 있는 마케팅 부서도 마찬가지였다.

첼시 사장이 고개를 끄덕였다.

유빈과는 이야기가 잘 통했다. 젊은 사람이 어떻게 저런 통찰력을 가졌는지 놀라웠다.

통찰력은 배운다고 배워지는 게 아니었다. 수많은 경험을 통해서 자연스럽게 길러지는 재능이었다.

첼시 사장으로서는 유빈의 통찰력이 전생의 경험에서 왔

다는 사실을 꿈에서도 알 수 없었다.

"그랬군요. 그래도 여성건강사업부는 그나마 나아요. 경쟁자가 있으니까요. 하지만 다른 부서는 시장에서 압도적 1등이죠. 이대로는 안 돼요. 이런 상태가 계속되면 스스로 도태될 거예요."

첼시 사장은 진짜로 현재 상황을 걱정하는 모습이었다.

유빈도 고개를 끄덕였다.

첼시 사장은 어떻게 보면 대단한 사람이었다.

다른 사람처럼 1등에 취해 있을 수도 있는데 그녀는 그러지 않았다.

아마 그런 통찰력 때문에 젊은 여성임에도 벌써 사장의 자리에 올랐는지도 몰랐다.

"그럼 사장님이 나서서 진두지휘하시면 되지 않습니까."

"그게 말처럼 쉽지 않아요. 1등 하고 있는 직원들에게 사장이 칭찬 말고 뭘 할 수 있겠어요. 오히려 못하면 해줄 말이라도 있죠. 1등이기 때문에 귀가 닫혀 있어요."

"그래서 저한테 발표로 영업팀 임원과 마케팅 부서를 자극해 달라는 거군요."

"신입사원이기 때문에 할 수 있는 말이 있잖아요. 통할지는 모르겠지만, 인식은 하겠죠."

무슨 말인지 알겠다는 듯이 유빈이 고개를 끄덕였다.

"게다가 저는 지금 상황이 누군가에 의해 조장된 것 같은 느낌이 들어요."

"네?"

첼시 사장의 말은 지금까지와는 또 다른 차원의 이야기였다.

"확증은 없지만, 미스터 팍의 이야기를 종합해 보면 미스터 최가 의심이 됩니다."

첼시 사장이 말하는 미스터 팍은 박용신 전무였고 미스터 최는 최상렬 부사장이었다.

최상렬 부사장이 지금의 상황을 야기했다?

"그의 의도를 정확히 알 수는 없어요. 하지만 그가 부사장으로 있는 동안 유연함을 자랑하는 제네스의 조직이 경직돼 버렸습니다. 예전에는 마케팅 부서에서도 영업팀으로 다시 발령받는 일이 자주 있었고 반대의 경우도 마찬가지였습니다. 그런데 지금은 마케팅 부서로 가는 것을 승진으로 여기고 있죠. 마케팅 부서와 영업팀 사이는 그 어느 때보다 좋지 않습니다."

유빈이 고개를 끄덕였다.

대화를 나누면 나눌수록 유빈은 첼시 사장이 이번 발표에서 원하는 그림을 조금씩 알 수 있었다.

지금껏 수많은 사장이 교체되는 와중에도 항상 자리를 지키던 최상렬 부사장이다.

첼시 사장의 말대로 누군가 제네스 조직 전체를 사심으로 컨트롤하고 있다면 최상렬 부사장일 가능성이 가장 컸다.

그런 상황에 첼시 사장의 오더로 판을 흔든다?

입사 6개월밖에 안 된 신입사원이 벌써부터 사내 파벌싸움에 데뷔하는 격이다.

"미스터 킴이 왜 제네스에 들어왔는지는 미스터 팍에게 들었어요. 저도 그 이야기를 듣고 감동했습니다. 전에 신입사원 교육 때 제프리 회장님에게 질문한 이유도 알게 되었고요. 미스터 킴의 제네스에 대한 애정은 다른 직원들과 차원이 다른 것이죠. 단지 실적이 좋다고 해서 부탁하는 게 아니에요. 도와주세요. 미스터 킴."

첼시 사장이 고개를 숙였다.

사장이라면 그냥 명령해도 될 위치였다. 아무리 어려운 명령이라도 결국 유빈으로서는 하지 않을 수 없을 것이다.

하지만 그녀는 신입사원에게 고개를 숙이고 있었다.

'최석원, 최상렬……'

써니힐병원과 선덕여대 축제에서 그들이 유빈에게 한 짓이 생각났다.

정상적인 사고를 하는 사람이 한 짓이라고 믿기지 않을 정도였다.

유빈이 자랑스러워하는 제네스에 맞지 않는 사람들이었다.

최석원과 최상렬은 전생에서 유빈의 모습을 반영하고 있었다. 경쟁에서 이기기 위해서는 다른 사람을 아무렇지 않게 희생시키고 어떤 수단이라도 사용하는 그런 모습.

유빈이 현생을 살면서 두고두고 반성하고 지양하는 과거의 모습이었다.

욕망에 사로잡혀 도리를 저버린 그들을 내버려 둔다면 제네스 코리아 자체가 그들처럼 변할 수 있었다.

인간 자체보다는 이익과 숫자에 집중하는 현 CEO 마크 램버트의 제네스처럼 만들 수는 없었다.

결심을 확고히 한 유빈이 다부지게 답했다.

"알겠습니다. 사장님 말씀대로 하겠습니다."

"오, 고마워요. 미스터 킴."

"하지만 그 전에 한 가지 조건이 있습니다."

"그게 뭐죠?"

유빈이 첼시 사장의 눈을 똑바로 바라봤다.

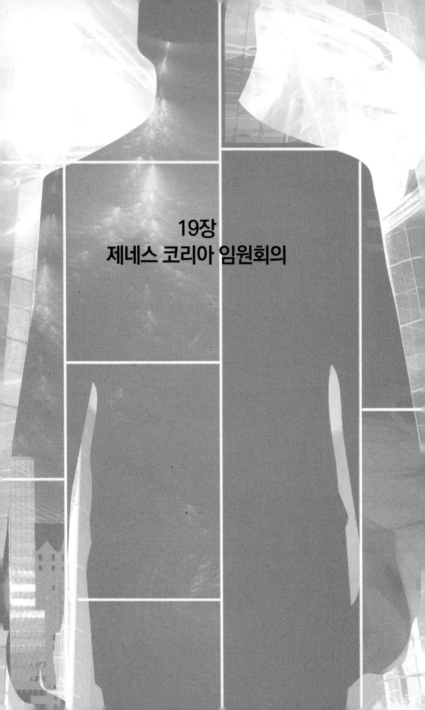

19장
제네스 코리아 임원회의

한강의 시원한 밤공기가 천천히 걷고 있는 두 사람을 스치고 지나갔다.

언제부터인가 유빈은 마음속 큰 고민이 자리했을 때, 한 사람을 보고 싶었다. 그래서 오늘 역시 그녀를 찾아온 것이었다.

유빈은 옆으로 시선을 살짝 돌렸다.

주서윤이 여느 때보다 화사한 얼굴로 싱긋 웃어 주었다.

매일같이 통화하며 마치 연인처럼 지낸 두 사람은 어느새 서로의 호칭마저 달라져 있었다.

"오빠, 무슨 고민 있어요?"

티를 안 낸다고 했지만 주서윤은 평소와 다른 유빈의 상태를 금방 알아차렸다.

주서윤과 같이 있는 것만으로도 마음은 평온했지만, 첼시 사장과의 대화가 계속 떠오르는 것은 어쩔 수 없었다.

"서윤아, 요즘 회사는 어때?"

"네? 회사요? 뭐, 똑같아요. 여전히 바쁘고 여전히 늦게 끝나고. 호호."

"그래? 회사 분위기는 괜찮아?"

"어떤 대답을 듣고 싶은지는 모르겠지만, 우리 부서는 실적이 잘 나오고 있으니까 분위기는 좋아요. 단지, 내근 부서끼리는 소통이 잘 안 되는 것 같아요."

"그게 무슨 말이야?"

"영업할 때는 마케팅 부서에서 일이 어떻게 처리되는 줄 잘 모르잖아요. 사실 논문 하나도 메디컬 부서의 리뷰를 다 받아야 해요. 아무리 우리 쪽에 유리한 논문이라도 조건이 맞지 않으면 컨펌이 안 되죠."

"그렇지."

유빈이 여러 번 고개를 끄덕였다.

"그리고 기믹으로 펜 하나 만드는 일도 구매부에 기믹 신청을 하면 조건에 맞는 몇 개 업체를 구매부가 선정하고 또 그 업체가 샘플을 보내 주면 우리가 견적하고 비교해서 선택하는 과정이 있는데 영업부는 신청만 하면 바로 나오는 줄 알아요."

"그런 과정이 있다는 걸 서로 알려 주면 좋을 텐데."

"제 말이 바로 그거에요. 마케팅 부서에서 영업부에 '이런 과정이 있다.' 정도만 이야기해 줘도 되는데 그걸 안 해요."

"영업부와 마케팅 부서 간 소통이 안 된다는 말이구나."

유빈이 다시 고개를 끄덕였다.

자신의 생각과 첼시 사장의 말 그대로였다.

"영업부와 마케팅 부서 문제만도 아니에요. 마케팅 부서는 홍보부, 구매부, 의학부, EBP(윤리경영부서) 등등 모든 부서와 협업해야 하는데 부서끼리 사이가 별로 좋지 않아요."

"그 정도야?"

"요즘은 그냥 마케팅으로 옮기지 말고 영업할 걸 하는 생각도 들어요."

주서윤이 작은 입으로 한숨을 내쉬었다.

"힘내, 서윤아. PM이 되면 네가 한번 마케팅 부서를 바꿔 봐. 너라면 할 수 있을 거야."

"헤헤, 저도 그럴 생각이에요. 지금은 막내라 조용히 있지만 제가 PM이 되면 두루두루 친하게 지낼 거예요."

유빈이 주서윤을 바라보며 웃었다.

그녀의 긍정 에너지가 유빈의 마음을 감쌌다.

"무슨 고민인지는 모르겠지만, 오빠도 힘내세요. 오빠는 본사 CEO라는 목표가 있잖아요. 오빠가 CEO가 되면 저도 승진시켜 주고 부서 간 협업이 잘될 수 있게 해 주세요. 호호."

언젠가 통화하면서 주서윤에게 목표를 밝힌 유빈이었다.

주서윤은 그런 유빈을 전혀 비웃지 않았다. 오히려 유빈이라면 가능할 거라는 말까지 해 줬다.

"고마워. 서윤아."

주서윤의 말을 들으며 유빈은 다시 한 번 마음을 다잡았다.

일주일 후, 제네스 본사.

"이제 6개월밖에 안 된 신입이라면서요?

"네, 그런 햇병아리가 영업에 대해서 알면 얼마나 알겠습니까. 부장님이 제네스 영업팀에 계신 지 얼마나 되셨죠?"

"허허, 작년에 15년 근속이었죠. 사실 이번에는 박 전무님이 조금 오버하시는 건 맞는 것 같습니다."

"거참. 15년 근무하신 분 앞에서 6개월밖에 근무하지 않은 신입사원이 영업에 대해서 발표한다는 게 말이나 됩니까? 3분기 달성률이 190%라지만 그것도 운이겠지요. 아니면 여성건강사업부 장 이사님이 지역 쿼터를 애초에 너무 낮게 책정

했거나."

"쿼터도 낮고 운도 따르고 뭐 그런 거 아니겠습니까? 아무튼, 이렇게 얼굴 보기도 힘든데 끝나고 술이나 한잔합시다."

"하하, 좋습니다."

소변기 앞에서 만난 두 사람이 짧은 대화를 마치고 웃음과 함께 화장실 밖으로 나갔다.

잠시의 정적이 흐른 후, 좌변기 칸 중에 닫혀 있던 칸의 문이 스르륵 열렸다.

노트북을 든 유빈이 조심스럽게 밖으로 나왔다.

발표하기 전 마음도 정리할 겸 마지막으로 화장실에 들어왔는데 우연히 대화를 들은 상황이었다.

조금 전 대화를 나눈 사람들은 회의에 참석할 다른 부서 직원인 모양이었다. 그들이 오늘 발표에 대해 어떻게 생각하고 있는지 적나라하게 알 수 있었다.

저런 생각을 하는 게 저들뿐만은 아닐 것이다.

하지만 손을 씻으며 거울을 보는 유빈의 눈은 흔들리지 않았다.

"전무님, 요즘 3분기 싸이클 미팅 준비하느라 마케팅 부서가 얼마나 바쁜 줄은 아시죠? 회의 참석을 이렇게 맨대토리로 해 놓으시면 어떡해요? 스케줄 조절하기가 얼마나 힘든데."

회의실에 미리 착석해 있던 이연수 마케팅 총괄 부장이 박용신 전무가 옆자리에 앉자마자 날을 세웠다.

외국 생활을 오래한 그녀는 상대가 상사라도 할 말은 꼭 해야 하는 성격이었다.

이연수는 시장의 큰 틀을 움직이는 건 마케팅 파워라고 생각했다.

그녀에게 영업사원은 그저 마케팅이 짜 놓은 큰 틀 안에서 영업 전략을 이행하고 지역 병원을 커버하는 존재일 뿐이었다.

그런데 일개 영업사원의 발표를 듣기 위해 마케팅 부서 전 직원이 참석하는 걸 받아들이기가 쉽지 않았다.

"이봐요, 이 부장님. 바쁜 건 알겠는데 이번 회의는 사장님이 직접 지시한 건입니다. 비록 시장에서 매출 1위를 고수하고는 있지만, 요즘 제약사업부 전체 매출 증가세가 둔화하고 있는 건 아시죠? 이번 발표도 돌파구를 찾기 위한 하나의 방편입니다."

"돌파구라면 마케팅 회의를 통해서 찾을 겁니다. 그리고 매출 둔화세가 그렇게 걱정할 만큼 심하지도 않고요."

"사장님은 그렇게 생각하시지 않는 모양인데요."

툴툴거리는 이 부장을 향해 박 전무가 웃으며 고갯짓을

했다.

두 사람이 대화를 나누는 동안, 카일라 첼시 사장이 외국인 특유의 환한 미소와 제스처와 함께 회의실 안으로 입장했다.

"사장님도 오셨는데, 시작해야겠군요. 김유빈 씨는?"

박 전무가 옆에 있는 직원에게 물었다.

"밖에서 대기하고 있습니다."

박용신 전무가 마이크를 들고 자리에서 일어났다.

전무의 지시에 직원이 부르자 유빈이 조용히 회의실에 들어와 스크린 옆에 앉았다.

"다들 바쁘실 텐데 이렇게 참석해 주셔서 감사합니다. 이번 회의의 취지는 이미 메일을 통해 말씀드렸습니다. 이번 기회를 통해 부서 간의 소통이 활발해졌으면 하는 작은 바람입니다. 자, 발표자를 소개하겠습니다."

박 전무의 눈짓에 유빈이 자리에서 일어났다.

산전수전 다 겪은 임원들을 비롯한 마케팅 PM들의 날카로운 시선이 유빈에게 꽂혔다.

유빈은 눈이 마주치는 사람과는 살짝 눈인사를 나눌 만큼 여유 있는 모습을 보였다. 이제 갓 6개월이 된 신입사원이라고는 생각할 수 없는 태도였다.

"오늘 발표자인 김유빈 씨는 올해 3월, 제네스에 입사해 여성건강사업부에서 근무하고 있는 신입사원입니다. 오늘 김유빈 씨에게 발표를 맡긴 것은 다름 아닌 실적 때문입니다. 2분기 146%, 3분기 192%로 타의 추종을 불허하는 탁월한 영업 실적의 주인공입니다."

박 전무의 소개에도 사람들의 표정은 그다지 펴지지 않았다.

장결희 본부장만 박수를 치려다가 눈치를 보고 그만두었다.

항암사업부의 권중석 본부장은 유빈의 영업 실적이 언급되자 아쉬운 듯이 입맛을 다셨고 최상렬 부사장은 여전히 속을 알 수 없는 표정이었다.

"김유빈 씨의 실적이 단순히 운이 좋다거나 목표 설정이 잘못되어서 그럴 거라고 생각하는 분들은 1분기의 달성률이 107%였다는 사실을 기억해 주십시오. 107%는 김유빈 씨의 전임자가 맡았을 때의 달성률입니다. 그럼 이제 마이크를 넘기겠습니다."

유빈이 박 전무에게 고마운 표정으로 인사하고는 마이크를 받았다. 면접 때 심어진 좋은 인상이 유빈에게 호의적으로 작용하고 있었다.

심호흡한 유빈이 스무 명 정도 되는 청중을 한 번 둘러봤다.

마케팅 부서에서는 PM 이상만 참석했는지 주서윤은 보이지 않았다. 그녀가 있었더라면 조금 더 힘이 났을지도 모른 다는 아쉬움이 살짝 들었다.

장결희 본부장, 박용신 전무, 첼시 사장을 제외하고는 오 라의 색이 어두웠다. 이미 알고는 있었지만, 지금 이 자리가 탐탁지 않음을 오라가 여실히 보여 주고 있었다.

이런 상황에서는 무슨 말을 해도 들릴 리가 만무했다.

일단은 불쾌 스위치가 켜진 아미그달라를 달래 줄 필요가 있었다.

"솔직히 말씀드리면 저도 신입사원인 제가 왜 이 자리에 서 있는지 잘 모릅니다. 제네스에서 고작 6개월밖에 일하지 않았는데 십 년 넘게 필드에서 활약하신 선배님들 앞에서 영 업에 대해 어떤 이야기를 해야 할지도 잘 모르겠고요."

잠시 호흡을 끊은 유빈이 조금 더 겸손한 표정을 지었다. 이곳이 미국이었다면 개인의 능력을 뽐내는 게 오히려 미덕 이었을 것이다.

하지만 한국에서는 아무리 능력이 있어도 겸손하지 않은 사람은 좋아하지 않았다. 승진하려면 능력 이전에 인간관계 가 먼저였다.

"운 좋게 실적이 잘 나와서 발표하지만 난감할 따름입니 다. 아직 여물지 않은 후배가 '열심히 일하고 있구나.' 정도 로 생각해 주시고 발표가 끝나면 좋은 조언 많이 해주시기 바랍니다."

유빈은 첫인사로 뭔가를 들어야 하는 입장에서 조언해 줘야 하는 입장으로 청중의 위치를 순식간에 바꿔 버렸다.

이렇게까지 겸양을 보이는데 싫어할 사람은 많지 않았다.

발표가 끝나고 물어뜯으려던 영업 베테랑들도 경직되었던 표정이 한결 순해졌다.

다만, 아직 마케팅 부서 사람들에게서는 여전히 불쾌한 기운이 느껴졌다.

"발표를 어떻게 하면 좋을까 고민하다가 장결희 본부장님께서 '그냥 지난 6개월간 김유빈 씨가 했던 일을 보여 주세요'라고 해주신 말씀이 떠올랐습니다. 그래서 준비했습니다."

유빈의 파워포인트 슬라이드를 넘겼다.

사진이 한 장 스크린에 띄워졌다.

손으로 브이 자를 그리고 있는 유빈이 반떼를 배경으로 웃고 있는 사진이었다.

"제가 혼자서 출근한 첫날에 휴대전화기로 찍은 사진입니다."

사진 속에 유빈은 웃고 있지만, 회의실의 어떤 사람도 웃지 않았다.

임원들을 대상으로 하는 프레젠테이션을 저렇게 장난스럽게 만들어 오다니. 자신들을 무시하는 듯한 기분이 들었다.

단 한 사람만 미소를 띠고 흥미 있게 지켜봤다. 통역을 대동해서 듣고 있는 첼시 사장이었다.

유빈은 사람들의 표정에 개의치 않고 다음 슬라이드로 넘어갔다.

또다시 사진이었다. 역시 글자는 없었다.

유빈은 아예 뒤로 빠져 사진에 관해 부연 설명만 했다.

유빈이 프레젠테이션에 사용한 사진은 초반 몇 장의 사진을 제외하고는 모두 흥신소 직원인 고원일이 몰래 찍은 것이었다.

고원일과의 거래로 모든 사진과 카메라를 받은 유빈은 최석원을 처리하기에 앞서 이번 발표 아이디어가 떠오른 것이었다.

프로가 찍은 사진이니만큼 퀄리티는 예술이었다.

게다가 사진 속의 주인공이 카메라의 존재를 알고 있지 못했기 때문에 모습이 지극히 자연스러웠다.

지켜보던 청중 중에는 사진 자체에도 관심을 보이는 사람이 있었다.

써니힐 공략을 지나 유빈이 사랑산부인과를 위해 준비한 일들이 차례대로 띄워졌다.

예상하지 못한 발표 형식에 자기도 모르게 감탄사를 흘리는 사람도 있었다.

사진 대부분은 마치 파파라치가 찍은 구도라서 유빈의 일상을 찍는 전용 사진사가 있는 것 같은 느낌이었다.

처음에는 못마땅해하던 표정들이 조금씩 바뀌어 있었다. 틀을 깬 발표가 주는 신선함이 돋보였다.

승규가 만들어 준 홈페이지, 엘싱글 특별판, 사랑산부인과 인테리어 공사, 선덕여대 축제와 상담 천막 사진이 슬라이드 쇼처럼 지나갔다.

"마지막 슬라이드입니다."

유빈의 차분한 말과 함께 처음으로 사진이 아닌 숫자가 나타났다.

9 그리고 120.

"사랑산부인과가 위치한 도봉구 쌍문2동 브릭의 피레논 실적입니다. DDD 자료이기는 하지만 축제 이후 처방량은 10배 이상 증가했음을 알 수 있습니다. 참고로 9는 축제 전, 120은 축제 후 첫 달 실적입니다."

사진에서 숫자로 슬라이드가 바뀌자 청중의 집중도가 달라졌다. 다들 숫자에 예민한 사람들이었다.

"만약 제가 전임자한테 인수·인계받은 대로 C급 병원이었던 사랑산부인과에 일상적인 콜만 지속했다면 저 120이라는 숫자는 절대 나오지 못했을 겁니다."

아무 생각 없이 편한 마음으로 보던 부드러운 발표가 숨기고 있던 송곳을 청중, 특히 영업팀의 가슴 속으로 푹 찔러 넣었다.

영업팀은 언젠가부터 병원 내에서의 일만 영업이라고 생각하고 있었다.

원장에게 디테일링을 잘하는지.

세미나를 잘 잡는지.

경쟁사의 약품을 제네스 제품으로 얼마나 잘 바꾸는지.

병원을 얼마나 자주 방문하는지.

발표는 잘하는지가 MR이 할 수 있는 전부라고 여기고 있었다.

다른 여타의 영업과 차별되는 제약영업의 특성 안에서 유리 천장을 만들어 버린 건 바로 그들 자신이었다.

"여기 보이는 사랑산부인과는 제가 방문했을 때 환자가 감소하여 폐업 직전의 상태였습니다. 원장님은 훌륭한 의사였지만, 병원은 오래되었고 홍보는 전혀 하고 있지 않았습니다."

회의실 안이 고요했다.

유빈이 인테리어 전과 후를 사진으로 보여 줬다.

인테리어도 확 바뀌었지만, 일단 대기실에 앉아 있는 환자의 숫자가 완전히 달랐다.

유빈은 사랑산부인과 말고도 실적이 치솟은 몇 개의 병원을 예로 더 들었다.

유빈이 발표로 하고 싶은 말은 명확했다.

처방량으로 나눈 병원 등급이 무의미하다는 이야기였다. 그리고 진료실 내의 짧은 대화로 의사의 처방을 유도하는 전통적인 MR 역할로는 충분하지 않다는 사실을 사진과 숫자로 보여 줬다.

써니힐병원까지는 MR의 역할에서 크게 벗어나지 않았지만, 사랑산부인과에서 유빈의 영업은 마케팅의 영역과 구분하기 힘든 방식이었다.

"어떤 분은 그저 고객일 뿐인 의사와 병원을 위해 왜 이렇게까지 해야 하느냐고 반문할 수도 있습니다. 저는 그럼, 죄송하지만, 실적 위주보다는 사람 위주의 영업을 하고 싶어서 그런다고 답할 것 같습니다. 제가 하는 영업이 그저 월급을 받기 위해, 또는 숫자를 올리기 위해서라면 너무 재미가 없을 것 같습니다."

유빈은 발표에서 영업의 기술에 대해서는 언급조차 하지 않았다.

여기 앉아 있는 영업팀 직원은 영업을 최소 15년 이상 해 왔다. 웬만한 시도는 다 해봤고 수많은 경험치가 있는 사람들이었다.

그럼에도 유빈의 발표는 울림이 있었다.

유빈이 어떤 마음가짐으로 6개월간 영업을 해왔는지를 사진이 고스란히 보여 주고 있었다.

발표가 끝나고 불이 켜졌지만, 회의실은 조용했다.

조용함을 넘어 숙연하기까지 했다.

오랜 기간 영업을 해 왔던 임원진들은 유빈의 모습에서 신입일 때의 자신의 모습을 보고 있었다.

무엇이라도 해보려는 도전 정신, 틀에 박히지 않은 사고. 무엇보다 재미있게 일하던 과거의 모습이 떠올랐다.

비록 임원이 되고 성공은 했지만, 과거의 자신에 비해 지금은 안 되는 것, 하지 말아야 할 것, 안 될 거라고 미리 예단하는 '예스맨'보다는 '노맨'이 되어 있었다.

그제야 박용신 전무가 왜 이런 자리를 마련했는지 알 것 같았다.

스스로는 틀에 박혀 있지 않다고 생각했지만, 언젠가부터 그렇게 돼 버린 것이었다. 박 전무는 유빈을 통해 그걸 말하려고 했다.

"산부인과에는 적용될 것 같은데 다른 과에서도 김유빈 씨 같은 영업이 가능할까요?"

다른 부서의 영업부장이 질문하며 손을 들었다.

회의에 들어오기 전에는 신입사원에게 질문할 거라고는 생각하지도 않은 그였지만, 이미 가슴은 뜨거워진 상태였다.

"저도 다른 과의 상황은 잘 모릅니다. 다만, 원장님을 병원에서 나오게 해서 강연자로 만들 수 있다면 결과는 비슷할 거로 생각합니다. 가르치는 사람이 오히려 배운다고들 말합니다. 약이 됐든 질병이 됐든 대중에게 강의하면 원장님은 다시 한 번 약과 질병을 공부할 것입니다."

"산부인과에서는 처방하는 약이 한정되어 있어 강연 내용과 처방이 연관될 수 있지만, 내과에는 같은 적응증을 가진 수많은 제네릭과 오리지널 약품이 있습니다. 강연이 처방으로 연결될까요?"

"이렇게 생각하시면 될 것 같습니다. 강연을 준비하는 과정에서 MR과 원장님은 자주 만날 수밖에 없습니다. 병원 진료실에서 1분, 2분 디테일링 하는 것보다 긴 시간을 마주 보고 앉아 있을 수 있습니다. 친근감도 높일 수 있고 디테일링 할 수 있는 시간도 많아지기 때문에 처방이 바로 나오지는 않더라도 장기적으로 효과가 나올 것으로 생각합니다."

"음, 그럴 수도 있겠네요."

유빈의 막힘없는 대답에 영업부는 감탄하는 분위기였다. 자기의 일에 확신이 없으면 저렇게 답변이 술술 나올 수가 없었다.

회사에서도 이미 대학 교수의 경우에는 강연료를 지급하고 있었다. 대부분이 학회에서 의사들을 상대로 한 강연이었다.

하지만 대형 병원도 아닌 작은 클리닉의 원장을 강연자로 쓰자는 아이디어는 새로웠다.

의사가 아닌 지역 주민을 위한 건강 강좌는 유빈이 이야기한 장점 말고도 병원에도 도움이 될 수 있었다.

처음과는 달리 훈훈한 분위기가 영업팀 쪽에서 감지되었다.

장결희 본부장이 그 모습을 보더니 어깨를 들썩였다.

기분을 숨기기에는 자신의 부하 직원인 김유빈이 너무나 대견했다.

몇 개의 질문이 영업팀에서 나오고 답변이 이어졌다.

그리고 다시 정적이 흘렀다. 사람들의 시선이 마케팅 부서로 옮겨갔다.

"질문 있습니다."

정적을 깨고 마케팅 부서 중 한 사람이 손을 들었다.

여성건강사업부의 유진영 차장이었다. 최상렬 부사장과 이연수 부장의 눈치를 번갈아 살피던 그녀가 마이크를 건네받았다.

최상렬 부사장의 입꼬리가 미묘하게 꿈틀거렸다. 그의 판단엔 첼시 사장은 유빈을 내근부서로 부를 생각일 것이다.

그렇다면 차후를 위해 유빈과 마케팅 사이에 각을 세우는 것도 나쁘지 않은 카드다.

지금 유진영 차장은 최상렬 부사장의 입이었다.

유 차장의 얼굴은 유빈을 향한 불편한 심경을 그대로 보여주고 있었다.

"네. 말씀하십시오."

"아무리 지역에서 하는 행사였어도, 여대에서 하는 산부인과 상담, 홈페이지 그리고 잡지 특별판까지 모두 마케팅 부서와 함께 진행하는 것이 옳다고 생각합니다. 김유빈 씨는 왜 마케팅 부서에 먼저 문의하지 않았죠?"

그녀에게 유빈의 행동은 마케팅 부서를 무시하는 처사였다.

유빈의 영업력은 칭찬할 만하지만, 그대로 인정했다가는 좁은 의미로 마케팅의 존재 이유가 없어지는 거나 마찬가지였다.

부사장이 지시하지 않았더라도 유 차장은 유빈의 발표를 들으면서 가만히 있을 생각이 없었다.

여성건강사업부 마케팅 책임자로서 다른 부서 마케팅 팀이 보고 있기 때문이라도 한마디 안 하고 넘어갈 수는 없었다.

그녀도 속으로는 유빈의 영업에 놀라고 있었다.

비록, 가져와 쓰고 싶은 주옥같은 아이디어였지만 기분이 나쁜 것이 먼저였다.

마케팅 부서의 다른 사람들도 유진영 차장과 표정이 크게 다르지 않았다.

박용신 전무의 의도를 이해한 영업팀은 유빈의 발표에 고개를 끄덕였지만, 마케팅 부서는 납득하지 못한 모양이었다.

제네스는 영업을 우대하는 편이라 마케팅과 차별이 적은 편이었지만, 어느 회사를 가도 영업과 마케팅 사이에는 알력이 있었다.

하지만 모든 걸 고려한다 해도 유빈은 유진영 차장의 공격적인 질문이 이해가 되지 않았다.

홈페이지나 축제에서의 산부인과 상담까지는 몰랐겠지만, 주서윤을 통해 엘싱글 특별판 진행이 된 점은 유진영 차장 역시 알고 있는 부분이었다.

그런데도 유빈이 한 일을 뭉뚱그려 지적하고 있었다. 유빈은 잠시 유진영 차장을 넘어 최상렬 부사장 쪽으로 시선을 주었다.

그녀의 발언에 최상렬 부사장의 오라가 만족스러움을 나타내고 있었다.

'유진영 차장이 최상렬의 꼭두각시였나.'

여성건강사업부의 마케팅 헤드가 최상렬의 라인이라는 걸 안 건 의외의 수확이었다.

사람들의 오라와 표정을 보니 영업팀을 자극하는 일은 어

느 정도 성공한 것 같았다. 첼시 사장이 원했던 의도 중 하나
는 완수한 셈이었다.

유진영 차장이 최상렬의 의도를 반영하고 있다는 사실을
알게 된 이상 마케팅을 자극하는 일은 이제부터가 진짜 시작
이었다.

"우선은 행사 시간이 촉박하다 보니 빨리 진행하기 위해서
혼자 움직였습니다. 아무래도 마케팅의 써포트를 받았다면
일은 수월했겠지만, 시간에는 못 맞췄을 겁니다."

공격적인 질문에도 유빈은 당황하지 않고 답했다.

시간이 촉박하다는 전제를 뒀지만 다른 시점에서 생각
하면 마케팅의 일 처리가 느리다는 비판으로 들을 수도 있
었다.

"시간에 못 맞췄을 거라고 어떻게 장담하죠?"

유진영 차장의 목소리가 조금 더 날카로워졌다.

"저는 제 일이기 때문에 이것에만 집중할 수 있지만, 마케
팅은 다른 일도 많다고 알고 있습니다. 행사 관계자와 병원
원장과 계속 만나면서 조절해야 할 일이 한둘이 아닌데 신속
하게 처리하는 것이 중요했습니다."

"사람을 만나는 일은 대리자로서 김유빈 씨가 움직이면 되
지 않았을까요? 마케팅이 김유빈 씨의 아이디어를 주도적으
로 실행했으면 더 좋은 결과를 가져왔을 겁니다."

유 차장의 생각은 직접 영업 일을 해본 적이 없는 마케터의 전형적인 생각이었다.

유빈은 속으로 기분은 안 좋았지만, 보는 눈이 많은 장소에서 유진영 차장과 정면으로 부딪치고 싶은 생각이 없었다.

대립각을 세우는 모습이 과하면 능력은 있지만 예의 없는 사람으로 보일 수 있었다.

그건 유빈이 원하지 않는 결과였다.

그리고 MR로서 마케팅과는 좋든 싫든 항상 같이 일을 해야 했다.

여기서 일정 선을 넘어 버리면 여러 가지로 불편할 터였다.

하지만 그럼에도 불구하고 꼭 짚고 넘어가고 싶은 이야기가 있었다.

잠시 호흡을 가다듬은 유빈이 입을 열었다.

"차장님이 하시고 싶은 이야기가 뭔지는 압니다. 영업사원은 의사의 처방을 끌어내는 역할, 마케팅은 환자가 병원에 오게끔 하는 역할. 역할이 분명히 다르다고 말씀하시는 거겠죠?"

"정확히 알고 있군요. 부서의 구분이 괜히 있는 게 아닙니다."

"혹시, 유 차장님은 요즘 산부인과, 그중에서도 작은 클리닉이 어떤 상황인지 알고 계십니까?"

"어떤 상황이라뇨?"

질문의 의도를 정확히 알지 못한 유 차장이 대답을 피했다.

"마케팅의 역할이 병원에 환자가 오게 하는 거라면 전 주저하지 않고 실패했다고 말하고 싶습니다."

"뭐라고요?"

회의실이 웅성거렸다. 유빈의 발언은 파장이 클 수 있는 이야기였다. 여성건강사업부 PM들의 표정도 좋지 않았다.

장결희 본부장은 고개를 갸웃했다.

유빈의 모습이 평소와는 어딘가 달랐다.

그가 알고 있는 유빈은 저렇게 상대방을 공격하는 성격이 아니었다.

유빈도 자신이 한 발언의 의미를 알고 있는지 첼시 사장과 박용신 전무를 한 번씩 쳐다봤다.

그들의 눈빛은 유빈을 말리지 않고 있었다.

유빈은 사람을 비난하지 않고 마케팅 정책에 대해 집중했다.

"정확하게 말씀드리면 낙수(落水)효과를 기대한 마케팅의 계획이 효과가 없다는 뜻입니다. 매년 젤레크, 피레논, 엔젤로의 매출은 증가하고 있습니다. 하지만 매출 증대의 대부분은 A급 대형 병원의 처방량 증가에 의존하고 있는 것도 사실입니다."

"김유빈 씨는 기본적인 것을 놓치고 있군요. 선택과 집중은 마케팅의 기본입니다. 파레토 법칙에 대해서는 들어 봤겠죠?"

"물론 파레토 법칙에 기댄 마케팅이 한동안은 효과를 보겠죠. 하지만 차장님도 분석해 보셨겠지만, 성장세는 분명히 둔화되고 있습니다. 안 그렇습니까? 이제는 롱테일에 대해서도 고려해 봐야 하지 않을까요?"

빈정거림이 약간 섞인 질문에도 유빈은 침착했다.

파레토 법칙이 80:20 법칙과 같은 말로 상위 20%의 고객이 매출의 80%를 창출한다는 의미라는 것은 영업이나 마케팅을 하는 사람은 모를 수 없는 용어였다.

게다가 유빈은 파레토 법칙과 배치되는 롱테일 법칙을 언급하면서 마케팅이 고려해야 할 방향까지 제시했다.

롱테일 법칙은 파레토 법칙과는 거꾸로 80%의 '사소한 다수'가 20%의 '핵심 소수'보다 뛰어난 가치를 창출한다는 이론이었다.

유 차장이 말없이 유빈을 쳐다봤다.

매출 성장세에 관해 유빈이 하는 말은 사실이었다.

놀라운 건 자기 브릭 매출 달성률 목표에 급급한 신입사원이 어떻게 사업부 전체 매출 추이까지 신경 쓰고 있느냐는 사실이었다.

"어느 순간이 되면 성장은 멈출 것입니다. 이런 식으로 해서는 절대로 시장의 파이가 커지지 않습니다. 1등 제약사에게는 두 가지 역할이 있습니다. 매출 증대는 물론이고 시장의 파이를 키워야 합니다."

"저 사람 진짜 신입사원이에요?"

회의실의 누군가가 속삭이는 소리가 들렸다.

"제가 담당 지역을 다녀보면 하루가 멀다 하고 폐업하는 거래처가 생겨납니다. 환자가 없기 때문이죠. 사람들은 근처 클리닉 대신에 대학 병원과 여성전문병원으로 발길을 돌립니다."

산부인과에만 해당하는 이야기가 아니기 때문에 다른 부서 사람들도 유빈의 말을 유심히 들었다.

"제가 이번에 여대에서 상담을 진행하면서 느낀 점이 있습니다. 지역 클리닉도 홍보와 마케팅이 된다면 충분히 환자가 몰린다는 것입니다. 사랑산부인과가 그 예입니다. 마케팅에서 매년 진행하는 정책은 동네의 작은 클리닉에는 아무런 도움이 되지 못하고 있습니다."

유진영 차장은 진지한 태도로 이야기하는 유빈의 눈을 똑바로 바라봤다.

거기에는 잘난 척이나 우월감 같은 감정은 없었다. 유빈은 실제로 안타까워하며 이야기하고 있었다.

"지금까지 실행했던 마케팅 플랜은 포괄적이어서 우리가 군이 도와주지 않아도 잘 돌아가는 큰 병원에만 이익이 돌아갔습니다. 이제는 지역의 작은 클리닉과 환자를 직접 연결해 줄 수 있는 마케팅이 필요하다고 생각합니다. 그리고 그 역할을 제대로 수행할 수 있는 사람은 담당 지역의 MR입니다."

유빈이 말을 마치자 사람들의 시선이 유진영 차장에게로 향했다.

유진영 차장이 슬쩍 최상렬 사장이 있는 방향을 쳐다봤다. 그리고 유빈은 그 모습을 놓치지 않았다.

무슨 생각이 떠올랐는지 유빈이 단번에 회의실 안에 있는 사람들의 오라를 살폈다.

영업부서와 마케팅 부서 사람들의 오라가 확연히 차이가 났다.

영업팀과 마케팅 팀의 일부는 유빈에게 호감을, 몇몇은 적대감을 보였다.

그중에 유빈의 눈길을 끄는 사람은 역시 최상렬이었다. 그의 오라가 검은색을 띠고 있었다. 그런데 그 방향은 유빈을 향한 것이 아니라 첼시 사장을 향해 있었다.

오라와는 달리 그의 표정은 여유 만만했다.

마치 너희들이 어떤 짓을 하던 대세는 이미 결정이 났다는 그런 표정이었다.

"후우, 다른 건 몰라도 말 하나는 청산유수군요. 못 이기 겠네요. 무슨 말인지는 잘 알겠습니다. 하지만 김유빈 씨의 제안은 실행할 수 없습니다."

"왜 그렇게 생각하시죠?"

"첫째로 제약회사는 아마존이나 구글과는 달라요. 롱테일 법칙이 통하는 분야는 온라인 분야입니다. 그리고 더 중요한 사실은 모든 MR이 김유빈 씨처럼 통찰력을 가지고 담당 지역의 고객을 위해 개인 시간까지 바쳐 가며 일할 수 있을까요? 전 아니라고 봅니다."

유진영 차장의 말에 이번에는 영업팀 임원들이 웅성거렸다.

그녀의 뉘앙스가 묘했다.

유빈은 인정하지만 다른 MR이 유빈처럼 할 수 있는가에 대해서는 의문, 아니, 불가능하다는 결론을 내리고 있었다.

"전 차장님과는 생각이 다릅니다. 시도해 볼 가치는 충분하다고 생각합니다."

"많은 MR 중에 왜 몇 명만 마케팅에서 일하게 될까요? 그 부분을 한번 생각해 보시죠."

그녀의 발언에 영업팀 직원 중 몇 명이 인상을 찌푸렸다.

"영업과 마케팅은 직원의 선택입니다. 자신의 적성에 맞는 쪽에서 일하는 게 맞다고 생각합니다. 중요한 건 영업 일을 경험해 봤는가 아닌가 하는 데서 차이가 있지 않을까요?"

유진영 차장의 표정이 구겨졌다.

유빈이 알고 한 말인지는 모르겠지만, 그녀는 영업을 거치지 않고 다른 회사 마케팅에서 제네스로 스카우트 된 경우였다.

유진영 차장이 발끈하며 다시 말하려 할 때 부드러운 영어가 그녀를 제지했다.

"자, 거기까지 하죠."

첼시 사장의 갑작스러운 발언에 회의실이 조용해졌다.

안 그래도 둘의 논쟁이 과열되고 있다고 생각하는 찰나였는데 첼시 사장이 끼어든 타이밍은 적절했다.

회의실 안에 있는 사람들의 시선이 회의를 끝낼 수 있는 최고 권력자에게 향했다.

첼시 사장의 예의 미소를 잃지 않고 마이크를 건네받았다.

"그런데 미스터 킴의 발표에 대한 박수가 나오지 않은 것 같군요. 내용이 어떻든 간에 발표자에 대한 예의는 지켜야죠."

그녀의 웃음이 짙어졌지만, 회의실 안에 있는 다른 사람들은 따라 웃을 수 없었다.

겉으로 보이는 모습은 늘 유쾌하고 잘 웃어서 유해 보였지만, 그녀는 한국으로 발령 나기 전 태국 지사에서 경영 정상화를 위해 실적 하위 10%를 해고시키고 자신을 포함한 전 직원의 월급을 20%나 깎은 경력이 있었다.

아시아 리전에서는 실적 20% 이하의 직원의 해고를 권고했지만, 그녀는 리전과 담판해 해고를 최소화하고 나머지 직원을 설득했다.

그녀의 강력한 리더십에 강하게 반대하던 직원들은 따라갈 수밖에 없었고 결국 매출과 순이익은 다시 정상 궤도로 진입했다.

평소에는 잘 웃고 직원들과 격의 없이 지내던 첼시 사장이 철혈의 여인으로 변신한 태국에서의 일화는 제네스 코리아 직원에게 유명했다.

첼시 사장이 태국에서 세운 공으로 제네스 코리아로 발령 났기 때문이었다.

늘 웃는 표정이어서 붙여진 별명이기도 하지만 괜히 그녀의 별명이 살인미소가 아니었다.

그제야 진심이든 마지못해서든 유빈을 향해 박수가 쏟아졌다.

유빈이 미소로 답하며 자리에 앉았다.

"감사합니다. 저는 개인적으로 미스터 킴과 마케팅 팀의 논쟁을 흥미롭게 지켜봤습니다. 미국에서는 토론과 논쟁이 자연스러운 업무 과정 중 일부이지만, 한국에서는 아니더군요. 그래서 우선 용기를 내주신 두 사람에게 감사합니다."

첼시 사장이 유빈과 유진영 차장을 향해 가볍게 목례를 하고 말을 이어갔다.

"논쟁에 익숙하지 않은 분은 이 자리가 불편할 수도 있을 겁니다. 하지만 오늘 발표와 토론으로 우리가 가지고 있는 문제점을 겉으로 끄집어낼 수 있었습니다. 문제점을 안다는 것은 해결할 수도 있다는 뜻입니다. 다음 폴로업 미팅에서는 영업팀과 마케팅 팀 모두 솔루션을 제시해 주시기 바랍니다. 그럼, 오늘 회의는 여기서 마칩니다."

"휴우."

회의실에서 나가는 사람에게 일일이 인사한 유빈이 한숨을 내뱉었다. 배짱이 보통이 아닌 그로서도 힘들었던 발표였다.

사람들은 숙제를 떠안았기 때문인지 표정이 그다지 밝지 않았다.

특히, 언쟁을 벌였던 유진영 차장은 알 수 없는 눈빛으로 유빈을 똑바로 바라봤다.

다행히 오라로만 보면 적대적인 느낌은 없었다.

박용신 전무가 유빈의 어깨를 두드려줬다.

"고생했네. 힘든 발표였을 텐데 잘해 줬군."

유빈의 발표는 박용신이 기대한 것 이상이었다. 영업직으로는 최고의 자리에 있는 그도 영업에 대한 유빈의 마음가짐을 듣고는 가슴이 뜨거워졌다.

박용신 전무가 첼시 사장과 최상렬 부사장에게 인사하고 나가자 나머지 사람들도 뒤를 따랐다.

최상렬 부사장이 미소를 띠고 자리에서 일어났다. 첼시 사장에게 정중하게 인사한 그가 유빈을 지나쳐 가며 가볍게 어깨를 두드렸다.

"젊은 친구가 열정이 있어 보기 좋군요. 하지만 열정이 과하면 꽃을 피우기도 전에 검은 재가 될 수도 있다는 걸 명심하세요. 오늘 발표 잘 들었습니다."

유빈은 아무 말 하지 않고 고개를 살짝 숙였다.

분명 회의는 첼시 사장의 의도대로 되었는데도 최상렬 부사장은 전혀 동요가 없었다.

그의 알 수 없는 자신감에 유빈은 처음으로 가슴이 떨렸다.

마지막까지 남아 있던 첼시 사장이 통역 직원마저 내보냈다. 회의실에는 유빈과 첼시 사장, 단둘만 남게 되었다.

"우리 의도대로 되었군요. 미스터 킴. 수고했어요."

침착하게 말했지만, 첼시 사장은 속으로 감탄하고 있었다. 유빈의 방법은 그녀의 예상보다 훨씬 고단수였다.

"우리가 아니라 사장님의 의도겠죠. 사장님 덕분에 마케팅 부서에는 완전히 찍혔네요."

솔직히 유빈도 평소에 마케팅 팀에 하고 싶은 말이기는 했다. 하지만 이런 자리가 만들어지지 않았으면 절대 입 밖으로 꺼낼 이야기는 아니었다.

"걱정하지 마요. 그들이 애도 아니고. 미스터 킴이 틀린 말을 한 것도 아니잖아요."

'그래서 더 문제랍니다.'

유빈이 작게 한숨을 내쉬었다. 한동안은 마케팅 팀원들과 껄끄러울 수밖에 없었다.

잃은 게 있지만, 발표로 얻을 것이 있었다.

"사장님, 약속은 꼭 지켜 주십시오."

"안 그래도 그 이야기를 하려고 했어요. 원래는 미스터 킴과의 약속을 지키려고 했는데 오늘 발표를 듣고 나니 마음이 바뀌었습니다."

"네? 그게 무슨……."

뻔뻔하게 웃고 있는 첼시 사장의 태도에 유빈은 할 말을 잃었다.

일주일 전. 노원구 커피숍.

유빈은 첼시 사장의 제안을 승낙했지만, 한 가지 조건을 걸었다.

"그럼 제가 얻는 것은 뭐죠?"

"네?"

첼시 사장이 움찔했다.

한국에서 일 년 넘게 일하면서 한국 사람에 대해서는 어느 정도 파악했다고 생각했다.

한국 사람은 상사의 명령이라면 대가를 원하지 않고 실행했다. 이유를 묻지도 않았다.

그런데 유빈은 달랐다.

유빈은 대가에 관해서 이야기하고 있었다. 마치 본사의 노련한 임원과 대화하는 기분이었다.

국적뿐만이 아니라 나이로 봐서도 믿을 수 없이 당당한 태도였다.

"제가 영업팀과 마케팅 팀을 자극하면 평판이 안 좋아질 수밖에 없습니다. 그보다 큰 보상이 없다면 제가 굳이 사장님의 말씀을 따를 이유가 없는 것 같습니다."

상대방이 외국 사람이기 때문에 할 수 있는 말이었다.

개인마다 차이는 있겠지만, 계급과 나이가 무엇보다 중요한 한국과 다르게 서양에서는 일반 사원도 사장과 이야기를 하는 게 어색하지 않았다.

"호호, 그렇죠. 혹시 생각해 둔 보상이 있나요?"

첼시 사장도 쿨하게 유빈의 의견을 받아들였다.

"저는 기회가 되면 본사에서 근무하고 싶습니다. 가능할까요?"

"본사요?"

생각하지도 못한 이야기였다.

한국 지사로 입사해 본사에서 일한 사람은 지금까지 한 명도 없었다.

한계가 명확했다. 기껏해야 아시아 지부에서 일하는 것이 전부였다.

"네, 이유가 있습니다만, 개인적인 일이라 밝히기는 힘듭니다."

첼시 사장이 고개를 끄덕였다.

첼시 사장은 유빈의 여동생 일을 알고 있었기 때문에 이유를 대략 짐작할 수 있었다.

"미안하지만, 그 부분은 제가 확답할 수가 없어요."

추천해 줄 수 있지만, 결정은 본사 몫이었다.

그녀는 유빈에 대한 믿음이 있었지만, 한국은 본사의 입장에서는 변방의 작은 지점에 불과했다.

게다가 유빈의 커리어는 한참 부족했다.

연차가 늘어날수록 쌓이기는 하겠지만 지금 단계에서 논의할 이야기도 아니었다.

"그런가요? 그럼 아시아 지부에서 일할 수 있게 해 주십시오. 그냥은 바라지 않겠습니다. 현재는 베스트 MR을 세 번이상 해야 아시아 지부 특별 프로그램에 지원할 수 있는 거로 알고 있습니다. 그걸 두 번으로 줄여 주십시오."

"……음. 그거라면 가능할 것 같네요. 좋아요. 그렇게 하겠습니다."

잠깐 생각해 보던 첼시 사장이 고개를 끄덕였다.

그녀의 위치라면 가능한 일이었다.

20장
마케팅 팀 발령

그렇게 이야기를 잘 마치고 약속까지 받았는데도 첼시 사장은 발표가 끝나자마자 다른 소리를 하고 있었다.

비록 구두로 한 약속이지만, 이렇게 쉽게 말을 바꿀 거라고는 상상도 못 한 바였다.

믿을 만한 사람이라고 생각했던 첼시 사장은 여전히 웃는 낯으로 유빈을 마주하고 있었다.

그녀의 오라 또한 전혀 동요하고 있지 않았다.

"잠깐만요. 마음을 바꿨다니…… 무슨 뜻입니까?

속을 알 수 없는 그녀의 태도에도 유빈은 침착함을 잃지 않고 다시 물었다.

"미스터 킴, 제 이야기를 끝까지 들어 보세요."

유빈이 알겠다는 듯이 고개를 끄덕였다. 저렇게 당당한 걸보니 다른 이유가 있는 듯했다.

"미스터 킴이 아시아 헤드쿼터에 가려는 이유는 미국 본사에서 일하기 위한 발판으로 삼으려고 하는 거 아닌가요?"

"……맞습니다."

"역시, 그렇군요. 그렇다면 내 조언을 새겨들으세요. 영업만 해서는 절대 본사 직원이 될 수 없습니다."

"절대…… 입니까?"

"세상에 절대라는 건 없으니까, 99퍼센트라고 하죠. 음. 이야기하다 보니까 미스터 킴의 계획을 알 것도 같군요. 우선 한국에서 2년 연속 베스트 MR을 성취하고 아시아 헤드쿼터에서 일할 수 있는 특별 프로그램에 지원하려는 거겠죠?"

유빈의 표정을 살핀 첼시 사장이 부드러운 목소리로 이야기했다.

"말씀하신 그대로입니다."

유빈은 순순히 고개를 끄덕였다.

"저도 올해는 물론이고 내년에도 미스터 킴이 베스트 MR이 될 것으로 생각합니다. 하지만 그렇다고 해서 특별 프로그램에 꼭 합격하리란 법은 없습니다. 물론 미스터 킴이라면 가능성은 크겠죠. 하지만 영어 실력과 업무 능력이 선발되는 절대 기준은 아니랍니다."

"다른 기준이 있다는 말씀인가요?

"네, 특별 프로그램은 말 그대로 프로그램이기 때문에 승진의 기준과는 달라요. 나라별 구성 인원과 성비를 고려해서 합격을 결정합니다."

선발 기준이 실력이 아니라는 사실은 유빈이 우려하던 내용이었다. 첼시 사장은 유빈의 계획에 대해 냉철한 분석을 해 주고 있었다.

"그리고 특별 프로그램도 본사가 목표라면 그다지 추천해 주고 싶지 않군요. 프로그램에 참여하게 되면 병원의 인턴처럼 영업부, 마케팅부, 홍보부 등등의 부서를 돌아다니면서 제약회사의 전반적인 업무를 골고루 배우게 됩니다. 하지만 본사는 어떤 분야에서든 극도의 전문성을 요구합니다. 프로그램의 취지와는 맞지 않죠."

한마디로 여러 분야를 두루두루 알아서는 도움이 안 된다는 이야기였다.

유빈은 첼시 사장이 말에 귀를 기울였다.

여러 나라에서 일한 경험을 가지고 있는 그녀의 조언은 지금 유빈에게 꼭 필요한 것들이었다.

그녀 역시 제네스 본사의 커리어 패스를 통해 사원에서 사장까지 이른 인재였다.

솔직히 다행이라는 마음도 들었다.

첼시 사장의 조언이 아니었다면 목적지로 가기 위한 방향부터 잘못 잡을 뻔했다. 그런데 한편으로는 의아하기도 했다.

같은 국적도 아니고, 신입사원밖에 되지 않는 자신한테 사장이라는 사람이 이렇게 친절히 조언해 주는 게 이상했다.

유빈은 짐작이라도 하려 했지만, 그녀의 속마음을 들여다볼 수는 없었다.

궁금하면 물어봐야 했다.

"사장님, 저한테 왜 이런 조언을 해주시는 거죠?"

"여러 나라를 다니면서 많은 사람을 만나다 보니 사람 보는 눈이 길러지더군요. 정말 다양한 나라의 다양한 사람을 만났습니다. 하지만 누구도 미스터 킴만큼 빛나는 사람은 없었습니다."

유빈의 질문에 첼시 사장이 다시 한 번 매력적인 미소를 만들었다.

"눈앞에 이렇게 뛰어난 인재가 있는데 도와주고 싶은 마음이 드는 건 상사로서 당연한 일입니다. 게다가 미스터 킴은 본사에서 일하고 싶어 하고요."

"……좋게 봐 주셔서 감사합니다."

"직접 도와주고 싶지만, 지금은 길을 가르쳐 주는 게 전부인 것 같군요. 이 정도에 그렇게 고마워하지 않아도 됩니다."

그녀의 진심을 들으니 가슴이 뭉클했다. 그녀의 오라가 진심을 말하고 있음을 보여 주고 있었다.

첼시 사장에게 유빈은 같은 국적의 사람도 아니고 오랫동안 봐 온 부하 직원도 아니었다. 그럼에도 불구하고 이런 이야기를 한다는 것은 능력뿐만 아니라 성품도 인정받았다는 이야기였다. 기분이 좋지 않을 수가 없었다.

"그런 이유로 약속을 못 지키겠다고 한 겁니다. 이제 이해했죠? 미스터 킴. 본사가 목표라면 마케팅 부서에서 일해야 합니다."

"마케팅이요?"

"저는 유빈 씨를 마케팅 팀으로 발령 낼 생각이에요."

"……."

첼시 사장의 표정을 보니 유빈이 뭐라 하든 이미 마음을 굳힌 것 같았다.

"본사는 마케팅을 매우 중요하게 생각합니다. 마케팅 스페셜리스트로 능력을 보인다면 반드시 기회가 올 겁니다."

조금 전에 그 많은 사람 앞에서 여성건강사업부 마케팅 팀을 깎아내렸는데, 그 마케팅에서 일하라니 첼시 사장이 고마우면서도 한편으로는 짓궂게 느껴졌다.

"지금까지 미스터 킴의 발표를 두 번 들었습니다. 제주도와 오늘. 신선한 발표 아이디어와 전달하고자 하는 메시지의 명확함. 두 번 모두 인상적이었습니다. 미스터 킴이 담당 지역에서 한 영업 역시 마케팅입니다. 저는 당신이 충분히 잘할 거라고 믿습니다."

첼시 사장의 확신에 찬 눈빛에도 불구하고 유빈은 잠시 머뭇거렸다.

마케팅이라고…….

생각해 본 적이 없는 일이었다.

유빈은 영업을 업으로 생각했고 그런 영업으로 성공할 계획이었다.

남들이 따라올 수 없는 실적을 만들어 낸다면 아무리 본사라도 조금은 다르게 봐 줄 거로 생각했다. 하지만 첼시 사장의 나침반은 다른 방향을 제시하고 있었다.

"미스터 킴, 미즈 유는 두 분야가 확연한 차이가 있다고 했지만 저는 그렇게 생각하지 않아요. 마케팅도 세일즈와 마찬가지예요. 단지, 대상이 개인에서 단체로 바뀌었을 뿐이죠. 오늘 발표한 마음가짐만 변함이 없다면 유빈 씨는 마케팅에서도 훌륭하게 해낼 거예요."

첼시 사장의 마지막 한마디에 유빈의 마음이 조금 움직였다.

첼시 사장의 말대로였다.

그가 도봉구에서 한 일은 영업이라기보다는 마케팅에 가까웠다.

의사에게 디테일링으로 자사 제품의 처방을 유도하는 것

에서도 성취감을 느꼈지만, 사랑산부인과에서 얻은 성취감과는 비교할 수 없었다.

'그래, 본사 CEO로 가는 길이라면 영업이든 마케팅이든 뭐가 중요하겠어.'

오랜 시간 고민한 유빈이 마음을 결정했다.

게다가 이건 놓칠 수 없는 절호의 기회였다.

"제가 알기로는 여성건강사업부에 마케팅 티오가 더는 없는 거로 압니다만, 그럼 다른 부서로 발령이 나는 겁니까?"

마음을 정한 유빈은 더는 망설이지 않았다.

"잘 결정했어요. 호호. 미스터 킴을 위해 따로 마련한 자리가 있습니다. PM입니다."

"네? PM(Product Manager)이요? 새로운 제품을 런칭하나요?"

PM은 과장급이었다. 직급으로 따지면 지점장과 맞먹었다. 게다가 일반 사원인 유빈이 주임과 대리를 뛰어넘어 과장이 된다는 이야기였다.

"아, 물론 Product Manager는 아닙니다. 제가 마련한 자리는 PM, Project Manager입니다."

"프로젝트 매니저요?"

그러면 그렇지. 과장이라니.

하지만 프로젝트 매니저도 처음 들어 보는 직책이었다.

"페이 그레이드는 AM(Assistant Manager)과 같습니다. 다만,

보고 라인은 이연수 마케팅 총괄부장 그리고 저입니다."

"알겠습니다. 그런데 직책을 보니 어떤 프로젝트를 맡게 되는 것 같습니다만······."

첼시 사장이 웃으며 프로젝트에 관해서 설명했다.

그녀의 이야기를 들을수록 유빈의 표정이 무거워졌다.

목표에 도달하기가 쉽지 않아 보였다. 아니, 거의 불가능해 보였다. 10년 동안 변하지 않은 것을 변화시키라니······.

내용을 듣고 나니 첼시 사장이 왜 자신을 그 자리에 뽑았는지 알 것 같았다.

"처음부터 저를 위해 마련한 자리는 아니었군요?"

"역시, 알아차렸나요?"

"오늘 발표 때문인가요?"

"프로젝트는 제가 한국에 오면서부터 생각한 것이에요. 그동안 여러 명의 후보자가 있었고 지켜봤지만, 오늘 발표를 듣고 보니 미스터 킴만큼 그 자리에 어울리는 사람은 없다는 확신이 들었어요. 그래서 제안한 겁니다. 제 제안을 받아들일 건가요?"

첼시 사장이 손을 내밀었다.

"당연히 받아들이겠습니다. 하지만 이번에는 구두 계약은 안 합니다. 그리고······."

유빈이 웃으며 첼시 사장의 손을 맞잡았다.

"그리고?"

첼시 사장의 손을 놓은 유빈이 정장 품속에서 몇 장의 사진을 꺼내 첼시 사장에게 건넸다.

"이건…… 발표에서 사용했던 사진이잖아요? 안 그래도 어떻게 이런 사진을 찍었는지 물어보려고 했는데."

웃고 있던 첼시 사장은 사진 몇 장을 더 보더니 얼굴이 굳어졌다. 발표 슬라이드에 사용된 사진과는 비교할 수 없이 사생활을 침해하는 사진도 들어 있었다.

"그 사진을 의뢰한 사람은 최석원입니다. 우리 회사 영업 팀 직원이죠. 그가 흥신소 직원을 시켜 저를 따라다니게 하였습니다."

"……."

첼시 사장이 놀란 듯 손으로 벌어진 입을 가렸다.

경험이 많은 그녀로서도 처음 겪어 보는 황당한 일이었다.

"어떻게 처리할까 고민하다가 사장님이라면 합당하게 처리할 수 있을 것 같아서 말씀드립니다. 참고로 그는 최상렬 부사장의 아들입니다."

유빈은 확증은 없었지만, 써니힐병원에서 겪었던 도매상 사건도 이야기했다. 이제는 한배를 탔으니 힘을 합쳐서 최상렬을 상대해야 했다.

"미스터 최…… 알겠습니다. 결과가 나오기 전에는 다른 사람한테 말하지 않는 게 좋겠군요. 오늘 우리가 나눈 이야기도 그랜드 미팅 전까지는 비밀에 부치죠."

"그랜드 미팅이요?"

"미스터 킴의 승진과 프로젝트는 그랜드 미팅에서 깜짝 발표할 겁니다."

유빈의 발표를 듣고 회의실에서 나온 최상렬은 기분이 나쁘지 않았다.

유진영 차장의 질문은 적절했다.

그녀의 욱하는 성격까지도 고려한 최상렬이 의도한 대로 회의가 흘러갔다.

김유빈이 보통 녀석이 아니라는 건 알고 있었지만 실제로 발표를 들어 보니 생각보다 뛰어난 인재였다.

김유빈과 비교하니 아들인 최석원이 더 못나 보였다.

호부견자(虎父犬子)라더니 장애물이 하나 나타났다고 쩔쩔매는 모습이 그렇게 못나 보일 수가 없었다.

하지만 상관없었다.

김유빈이 두각을 드러내는 일은 오히려 더 잘된 일이었다.

첼시 사장과 사장 라인인 박용신 전무가 김유빈을 쳐다보는 눈빛이 예사롭지 않았다.

김유빈을 통해 영업부와 마케팅 부서를 한번 흔들어 보겠다는 의도라는 건 짐작할 수 있었다.

지금의 회사 분위기는 그가 오랫동안 뒤에서 만든 것이었다.

영업팀과 마케팅, 여성건강사업부와 항암사업부 등 서로 다른 부서 사이에 소통을 최소화하고 알게 모르게 경쟁을 시키면서 사이가 좋지 않게 만들어 버렸다.

회사 실적이 정체되어야 첼시 사장을 경질할 이유를 만들 수 있었다. 그리고 그 틈에 한국 출신 사장만이 사람들을 하나로 뭉치게 만들 수 있다는 명분을 내세울 계획이었다.

지금까지 한국에 발령이 난 제네스 코리아 사장은 현상 유지만 하고 돌아갈 수밖에 없었다. 최상렬은 사장을 잘 보좌하는 척하면서 새로운 시도는 번번이 좌절시켰다.

최상렬이 부사장이 된 이후로 한국에 온 네 명의 사장은 처음에 올 때는 커다란 포부를 가지고 왔지만 다른 나라로 발령 날 때는 딱히 성취라고 내세울 만한 게 거의 없었다.

모두 최상렬의 작품이었다.

첼시 사장은 그가 맞은 다섯 번째 사장이었다.

지금까지 왔던 사장들이 별 성과 없이 돌아갔음에도 여전히 본사에서는 외국인 사장을 발령 냈다.

이러다가는 퇴직하기 전에 기회가 오지 않을 것 같다는 두려움이 생기기도 했다.

그런 마음에 아들인 최석원을 채찍질한 것이었다.

자신이 안 된다면 핏줄인 최석원이라도 사장이 되어야 했다. 하지만 그의 예상보다 분위기는 무르익어 있었다.

친분이 있는 본사 직원에게 전해 듣기로도 한국인 사장에 대한 이야기가 슬슬 나오고 있다고 했다. 여기서 첼시 사장이 결정적인 실책으로 경질된다면 분명히 논의될 것이었다.

물론, 한국 출신 사장이 될 수 있는 사람은 자신뿐이었다.

아들인 최석원에 대한 생각은 이미 지워 버렸다.

'흐음, 역시 그런 거였어.'

생각을 거듭한 최상렬은 첼시 사장의 의도를 읽을 수 있었다.

이전 사장들과는 달리 카일라 첼시는 박용신 전무의 도움으로 회사의 실상을 어느 정도 파악하고 있는 것 같았다.

'사장과 전무는 분명히 김유빈을 회사 안으로 데리고 올 거다. 음…… 그렇게 되면 오히려 앞으로 전개가 괜찮겠어. 첼시 사장, 당신은 회심의 한 수라고 생각하겠지만, 김유빈은 결국 자충수가 될 거야.'

독사 같은 눈빛이 된 최상렬의 머릿속에 앞으로의 그림이 그려졌다.

"잠깐이겠지만 승리를 즐기게, 젊은이여. 즐긴 만큼 더 깊은 나락이 자네를 기다리고 있을 테니까."

21장
메디파트너스

비록 마케팅행이 결정되었지만, 유빈의 일과에는 변함이 없었다.

매일 꾸준하게 열다섯 콜 이상을 다니며 디테일링을 했고 세미나도 진행했다.

첼시 사장이 말해 준 프로젝트의 목표에 대해서도 낮에 일하는 동안은 생각하지 않기로 했다.

그 대신 일과가 끝난 후에는 프로젝트와 관련된 내용을 공부하고 원인 분석과 해결책을 고심했다.

무엇보다 마음에 걸리는 일은 이제야 조금이나마 가까워진 의사 선생님들에게 작별 인사를 해야 한다는 사실이었다.

마케팅 부서에 가면 학회나 프로젝트를 통해 볼 수 있겠지만, 지금처럼 자주 볼 수 없을 것은 자명했다.

담당 지역에 대한 애정이 남달리 강한 유빈으로서는 아쉬움이 클 수밖에 없었다.

"유빈 씨, 내년에는 미혼 여성 클리닉을 한번 운영해 보려고 하는데 어떻게 생각해요?"

"원장님, 생각해 놓은 방법은 있으세요?"

"음, 글쎄요. 생각은 해 봤는데 신통치가 않아서 유빈 씨한테 물어보는 거잖아요. 병원 다니다 보면 클리닉 운영하는 곳도 봤을 테고."

"음, 이 근처에 회사가 많으니까 하루 정도 연장 근무를 하시는 것도 좋은 방법인 것 같습니다. 수요일 정도를 선택해서 회사 다니는 여성분들이 퇴근 시간에 들를 수 있도록 하는 거죠."

"오, 그래요. 그런 거 좋아요. 내년부터 시작할 거니까 잘 도와줘야 해요."

"……알겠습니다."

의욕이 없던 원장이 유빈과의 만남을 통해 뭔가를 시도하려고 할 때, 특히 내년을 언급했을 때 유빈은 더욱 울컥했다.

인수인계할 때 실망감이 담긴 눈빛을 받을 걸 생각하니 벌써 마음이 무거워졌다.

첼시 사장과 약속했기 때문에 12월에 있을 그랜드 미팅 전까지는 발령에 대해서 말할 수도 없었다. 유빈이 할 수 있는 것은 남은 기간 최선을 다해 담당 병원이 잘되도록 도와주는 일뿐이었다.

사랑산부인과에서 발생한 문제를 해결하는 것이 일단 가장 급한 일이었다.

써니힐병원 사무장이 소개해 준 미래프렌즈를 다녀온 후 컨설팅에 대한 기대는 줄어든 상태였다.

하지만 한 군데만 알아볼 수도 없는 일이었다.

유빈은 약속한 시각에 메디파트너스를 방문했다.

"여기구나. 메디파트너스."

메디파트너스의 간판을 확인한 유빈이 건물 안으로 들어갔다.

사랑산부인과의 문제를 해결하기 위해 역시 일과를 끝내고 방문한 것이었다.

메디파트너스는 미래프렌즈와 마찬가지로 MSO(병원경영지원회사)로 병원의 경영관리에서 온, 오프라인 광고까지 다양한 분야의 병원 컨설팅을 해 주고 있었다.

그런데 들어설 때부터 직원으로 복작거리던 미래프렌즈와 달리 메디파트너스는 규모도 작고 한산한 느낌이었다.

현대적 인테리어의 사무실에 들어가서 한참을 두리번거렸지만, 마중 나오는 사람도 없었다.

게다가 이사라도 하는 것처럼 커다란 박스가 여기저기 놓여 있었다.

그러고 십 분 정도 있었을까?

정리하느라 머리가 풀어졌는지도 모르는 여자 직원이 다가왔다.

"어떻게 오셨나요?"

"최재승 대표님을 만나러 왔습니다. 병원 컨설팅 관련해서 전화로 약속을 잡았습니다."

유빈도 메디파트너스에 전화를 걸었을 때, 회사의 대표에게 직접 컨설팅 상담을 받게 될 줄은 몰랐다.

알고 보니 메디파트너스에 컨설턴트는 대표 한 명밖에 없고 나머지 5명은 보조 직원이었다.

그나마 실제로 와 보니 다섯 명은커녕 여직원 한 명만 부산스럽게 왔다 갔다 하고 있었다.

겉만 보고 판단하기는 그렇지만 회사가 제대로 돌아가지 않는다는 사실쯤을 알 수 있었다.

그래도 유빈은 대표를 만나 본 후에 판단할 생각으로 차분하게 상대를 대했다.

"아…… 그러세요?"

여직원의 반응이 어딘가 꺼림칙했다.

여직원은 어떤 멘트도 없이 무미건조하게 유빈을 대표실로 안내했다.

"대표님, 손님 오셨어요."

회사 상태와는 달리 메디파트너스의 최재승 대표가 환한 미소로 유빈을 맞았다.

대표라고 하기에는 상당히 젊었다. 매끈한 양복이 잘 어울리는 호남이었다.

짧은 머리에 눈썹이 짙어 남자다운 매력이 있었다.

유빈이 조금 더 대표를 살폈다.

환한 미소와는 달리 오라의 색을 보니 기분이 가라앉아 있는 상태라는 걸 알 수 있었다.

다만, 기분과는 달리 전체적인 오라의 느낌은 깨끗했다.

그런데 최재승 대표보다 유빈의 눈길을 끈 것(?)이 있었다. 소파 옆에 엎드려 있는 커다란 골든리트리버였다.

유빈이 개에게 시선을 빼앗기자 최재승 대표가 급하게 해명을 했다.

"하하, 놀라셨죠? 걱정하지 마십시오. 순한 녀석입니다.

제가 워낙 개를 좋아하다 보니 같이 출근하고 있습니다."

마인드는 거의 구글급이었다.

찰나였지만 개를 쳐다보는 최 대표의 눈빛이 걱정으로 가득했다. 그러고 보니 사람이 들어왔는데도 전혀 반응하지 않고 축 처져 있는 개의 상태도 이상했다.

"신경 쓰지 않으셔도 됩니다. 도봉구에 있는 사랑산부인과라고 하셨죠?"

그가 재빨리 화제를 돌렸다.

"네, 맞습니다."

자리에 앉은 최 대표가 태블릿 피씨를 꺼내 들었다. 아무렇지도 않아 보였지만 그의 오라에서 강력한 사념이 순간 전달되었다.

─루키.

'루키?'

아무래도 개의 이름인 것 같았다. 하지만 그쪽에만 계속 신경 쓸 수 없기에 유빈은 시선을 최 대표에게 돌렸다.

처음에는 몰랐는데 계속 이야기하다 보니 최 대표의 말투가 약간 어색했다. 외국에서 오래 산 한국 사람의 발음이랄까.

유빈이 대표실을 살피다 보니 아니나 다를까 액자로 전시된 외국 대학 졸업장이 보였다.

"제가 미리 검색해 봤는데. 인테리어도 깔끔하고 홈페이지도 잘되어 있더군요. 그런데 의료진이 한 명밖에 없던데⋯⋯ 다른 원장님은 일부러 안 올려놓은 건가요? 가끔 대표원장님만 올려놓은 경우도 있으니까 이상한 건 아닙니다만."

뭔가 오해를 하는 듯했다.

"대표님, 사랑산부인과는 지역 클리닉입니다. 원장님 한 분이 진료하고 있습니다."

"클리닉이요? 음, 그렇군요."

최재승 대표가 의외라는 표정으로 유빈을 쳐다봤다. 유빈 같은 사무직이 있는 병원이라면 대형 병원일 것으로 지레짐작했기 때문이었다.

"클리닉은 컨설팅을 안 하시나요?"

"아, 꼭 그런 건 아닙니다만, 단지, 클리닉에서 컨설팅을 의뢰하는 경우는 거의 없어서요. 어떤 컨설팅을 원하시는 건가요?"

예상외였지만 최 대표는 침착하게 상담을 진행했다.

"사랑산부인과에서 필요한 컨설팅은 환자 관리 분야입니다. 최근에 급격하게 환자가 늘어나는 바람에 대기 시간이 길어지고 있습니다."

유빈은 미래프렌즈에서 했던 말과 똑같이 말했다.

"환자 관리라면 초진환자의 분석과 재진율을 높일 방법,

그리고 환자가 주로 제기하는 컴플레인을 해결하는 쪽으로 생각하시면 될 것 같습니다."

"네."

최 대표가 유빈이 원하는 방향을 정확히 짚었다.

"비용은 어느 정도로 생각하시나요?"

"비용에 맞춰서 컨설팅해 주시는 건가요?"

잠깐 유빈을 쳐다본 최재승 대표가 작은 숨을 내뱉으며 대표실에도 놓여 있는 큰 박스를 손으로 가리켰다.

"음, 솔직히 말씀드리죠. 보시다시피 제가 이번 일을 맡는다면 아마 한국에서의 마지막 일이 될 것 같습니다. 마지막 일이다 보니 대형 프로젝트보다는 오히려 사랑산부인과 같은 케이스를 컨설팅하는 것이 마음이 편합니다. 비용은 제가 최대한 맞춰 드리겠습니다."

"한국에서의 마지막 일이라고요?"

"미국으로 돌아갈 계획입니다. 아, 그렇다고 해서 일을 대충 하거나 하지는 않습니다. 그런 마인드는 저 스스로 용납을 하지 못합니다."

사정이 있는 듯싶었지만, 유빈은 더 물어보지 않았다.

"저도 솔직히 말씀드리죠. 제가 생각하는 선보다 비용이 부담된다면 계속 진행할 수는 없을 것 같습니다. 최대로 생각하는 비용은 300만 원입니다."

유빈의 말에 최재승 대표의 표정에는 변화가 없었지만, 오라가 심하게 흔들렸다.

　유빈과 컨설팅에 대해서 이미 상의한 김이진 원장은 500만 원까지는 괜찮다고 했지만, 유빈은 메디파트너스의 상태를 보고 줄여서 이야기했다.

　김이진 원장은 비용만 결정하고 그 외 것에 대해서는 유빈에게 전권을 일임했다.

　최 대표가 사람 자체는 능력이 있어 보였지만, 곧 미국으로 돌아간다는 것이 마음에 걸렸다. 나중에 문제가 생겼을 때 회사가 없다면 애프터를 받을 곳이 없기 때문이었다.

　그리고 유빈은 사랑산부인과뿐만이 아니라 그가 변화시킨 클리닉은 모두 컨설팅을 권할 생각이었다.

　단발적인 컨설팅은 유빈이 원하는 바가 아니었다.

　잠시 뜸을 들인 최 대표가 고개를 저었다.

　"300만 원이요…… 아무리 그래도 그 비용으로는 힘들 것 같습니다. 환자 관리 분야만 컨설팅한다고 해도 최소 500만 원은 받아야 합니다."

　미래프렌즈보다는 확실히 합리적인 가격이었다.

　하지만 유빈은 최재승 대표에 대한 확신이 서지 않았다.

　"언제 출국하시나요?

　"회사는 두 달 안에 정리하고 출국은 내년 3월 정도가 될 것 같습니다."

"아직 시간이 좀 있네요. 제가 조금 더 생각할 시간을 가져도 될까요?"

"……알겠습니다. 하지만 저도 스케줄이 있어서 오래는 기다리지 못할 것 같습니다. 최소한 이번 주 안에는 컨펌을 주셔야 합니다."

고개를 끄덕인 유빈이 자리에서 일어났다.

일어서던 유빈의 눈에 방 한편에 쌓여 있는 책이 들어왔다.

최재승 대표가 표지를 장식하고 있는 책이었다.

"아, 한 권 가지고 가셔도 됩니다. 제가 한국에 와서 일 년 정도 있다가 쓴 병원 관련 컨설팅 책입니다. 출판사에서 몇 권 받았는데 정리하다 보니까 남아 있었네요."

"그래도 될까요?"

메디파트너스와 계약을 하지 않으면 혼자서라도 공부해서 사랑산부인과의 문제를 풀어 보려 했던 유빈이 반기며 책을 받았다.

"감사합니다. 다시 연락드리겠습니다."

최재승 대표가 예의 환한 미소로 배웅했다. 매너가 좋은 남자였다.

문밖으로 나가려는데 누워 있는 골든리트리버의 오라가

눈에 들어왔다.

색도 탁하고 형태도 흐물흐물했다.

조금 전 유빈에게 전달된 오라의 사념으로 봤을 때 개의 상태가 최 대표에게 중요한 문제인 모양이었다.

조금이라도 도움이 될지 몰라 유빈이 조심스럽게 말을 꺼냈다.

"개가 어디 아픈 거 아닌가요? 동물병원에 데려가 보시는 게 좋을 것 같네요."

"아, 고맙습니다."

대답하는 대표의 표정이 어색했다. 유빈은 다음을 기약하고 건물에서 나올 수밖에 없었다.

'아쉽네. 회사가 건실했으면 계약했을 텐데…….'

저녁 시간이 가까워졌는데도 건물 밖은 아직 밝았다.

유빈은 지하철을 타고 강남역으로 향했다.

오늘은 강북2팀의 회식이 있었다. 처음으로 강남1팀을 누르고 달성률 1위에 오른 기념으로 자축하는 자리였다.

3분기에 강북2팀은 제네스 역사상 처음으로 달성률에서 강남팀을 꺾은 팀이 되었다.

아직 4분기가 남아 있지만 지금 추세대로라면 강북2팀이 올해의 베스트 지점이 될 가능성이 컸다.

유빈의 뛰어난 실적이 주된 역할을 했지만, 나머지 팀원들도 평균에 비해 좋은 실적을 보였다.

처음에는 좌충우돌했지만, 각자의 개성을 북돋워 주는 이혁의 리더십도 한몫을 하며 빛을 발했다.

최 대표와의 미팅으로 강남역에 조금 늦게 도착한 유빈이 지하에 위치한 레스토랑으로 들어갔다.

"죄송합니다. 늦었습니다."

암굴 같은 느낌의 레스토랑은 개별 실로 분리되어 있어서 다른 사람 눈치 보지 않고 회식하기에 딱 알맞은 장소였다.

"오, 김유빈!"

"이리 와. 늦었으니까 일단 한 잔 받고 착석!"

벌써 흥이 오른 직원들이 유빈을 반겼다.

장형우 대리가 따라 주는 맥주를 시원하게 원샷하고 유빈도 자리에 앉았다.

유빈에게 강북2팀 회식은 항상 즐거운 자리였다.

백서제약에 다닐 때는 회식이 잡히면 가슴이 답답하고 한숨부터 나왔다.

지점장과 선배에게 아부하기 바쁘고, 찍히지 않기 위해 술도 거절하지 못했다. 서로 견제하느라 마음을 털어놓을 수 있는 동료도 없었다.

반면, 강북2팀은 최소한 업무 이야기만 하지는 않았다.

사적인 이야기도 나누면서 친분도 다지고 병원에 다니면서 쌓였던 스트레스도 마음 편하게 풀 수 있는 자리였다.

한참 회식 자리가 무르익자 이혁 지점장이 유빈의 옆자리로 다가왔다.

"유빈아, 한잔하자."

"네, 지점장님."

둘은 한동안 말없이 술을 주고받았다.

이혁은 요즘 일이 잘 풀려서 무서울 정도였다.

다른 팀의 지점장들은 만날 때마다 유빈을 비롯한 강북2팀 직원들을 칭찬하기에 바빴다.

장결희 본부장을 비롯해 임원진도 회의 때마다 강북2팀을 거론하며 격려해 줬다.

하지만 그럴수록 이혁은 몸을 낮췄다.

자신의 능력이라기보다는 직원들이 잘하고 있기 때문이라는 것을 늘 명심했다. 특히, 유빈의 역할이 크다는 것을 간과하지 않았다.

그런 의미로 선덕여대 축제 이후로 생긴 유빈에 대한 예감이 머릿속을 떠나지 않았다.

"……요즘, 뭐 고민은 없지?"

남자 둘이 할 이야기가 뭐가 있겠느냐마는 이혁이 조심스럽게 물었다.

"음, 사랑산부인과에 환자가 너무 많아지는 바람에 대기 시간이 길어져서 걱정됩니다."

"참, 너도 큰일이다. 일 이야기 말고 다른 고민은 없어? 뭐, 재테크라든가 결혼이라든가 네 나이에 할 수 있는 그런 고민 말이야."

유빈은 이혁을 빤히 쳐다봤다.

뭔가 알고 물어보는 느낌이었다.

"그게……."

유빈은 다른 사람은 몰라도 이혁에게는 솔직히 말하고 싶었다.

제네스에 들어와서 유빈에게 일어난 큰 행운 중 하나가 이혁 지점장의 팀에 들어온 것이었다.

직원들은 회사를 떠나는 게 아니라 상사를 떠난다는 말이 있듯이 상사와 부하 직원과의 관계는 회사 내 어떤 관계보다 중요했다.

이혁만큼 직원을 믿어주고 이해심 넓은 상사는 가난한 아프리카 나라에서 태어나 부유한 부모를 만난 것만큼 행운이었다.

"지점장님, 사실은 드릴 말씀이 있습니다."

유빈은 다른 사람이 듣지 못하도록 조용히 첼시 사장과의 대화 내용을 털어놓았다.

내년에 마케팅 팀으로 발령받을 것 같다는 이야기에 이혁이 한숨을 크게 내쉬었다.

"어째 그럴 것 같더니만. 하아."

마음을 정리하는 건지 이혁이 조용히 소주를 연거푸 들이켰다. 예감은 하고 있었지만 쉽지 않은 일이었다.

이혁이 힘들게 입을 뗐다.

"……유빈아, 너라면 잘할 거다. 내가 장담할 수 있어."

"……감사합니다. 지점장님."

대화 사이사이를 침묵이 메웠다. 그만큼 둘 다 마음이 무거웠다.

"유빈아, 너는 왜 영업 일 하냐?"

이혁이 술잔을 건네며 뜬금없이 물었다.

"영업이요?"

"아니, 나도 영업을 하지만 솔직히 내가 성실한 거 빼놓고는 잘하는 게 별로 없거든. 열심히 하다 보니 지점장도 되고 운이 좋게 부하 직원들 잘 만나서 베스트 지점장도 될 것 같지만…… 너는 영업만 하기에는 아까운 인재라는 생각이 들어서 한번 물어보고 싶었어."

"아니에요. 지점장님이 능력이 없으면 누가 있습니까."

유빈은 성실함만큼 대단한 능력은 없다고 생각했다.

성실함은 게으름과 귀찮음, 그리고 자기 자신을 이겨 낸 자만이 갖출 수 있는 덕목이었다.

비록 스승님으로부터 전수받은 능력으로 영업 일을 헤쳐 나가고 있지만, 기본적으로 성실함이 바탕이 되지 않으면 안 될 일이었다.

유빈이 이혁을 존경하는 이유기도 했다.

"하아, 나는 말이야. 나는 그럭저럭 내 일에 만족하거든. 그런데 내 자식이 영업한다고 하면 말릴 거야. 너도 알지? 영업이라는 게 보통 정신노동이 아니잖아. 고객을 대할 때 자기 자신을 완전히 죽여야 하고 때로는 쓸개도 다 빼 줘야 하지."

"……음. 지점장님, 사실은……."

이혁의 솔직한 마음에 답하듯 유빈은 면접에서 이야기한 여동생과 제네스에 관련된 일화를 털어놨다.

"그런 일이 있었구나……."

이혁은 언제나 밝은 유빈에게 그런 과거가 있다는 사실을 처음 알았다. 왜 유빈이 제약회사에 들어왔는지 이제야 알게 된 것이었다.

이혁이 유빈의 어깨를 두드려줬다.

"그리고 영업을 하는 이유가 꼭 여동생 때문만은 아닙니다. 뭐라고 해야 할까요. 저는 영업이 재밌습니다."

"재밌다고?"

이혁이 놀라며 유빈을 바라봤다.

영업이 재미있다고 한 사람은 유빈이 처음이었다.

그의 상식으로는 영업하는 사람은 '을'이었다. 세상에 '을'을 재미있어하는 사람은 없었다.

하지만 유빈의 표정은 거짓되지 않았다.

"네. 저는 영업할 때 저 자신을 죽이지도 않고 쓸개도 빼줄 생각이 없습니다. 단지, 진심으로 상대방을 도와줘야겠다는 생각으로 일하고 있습니다. 그렇게 하다 보면 상대방이 결과적으로 저를 도와주게 됩니다. 남을 돕는 일이 저를 돕는 일이 되는 거죠."

"……."

이혁은 잠자코 유빈의 말을 들었다.

영업에 대한 자신의 상식이 깨지는 듯한 느낌이었다.

"저는 세상 사람을 두 부류로 나눈다면 영업을 해본 사람과 그렇지 않은 사람으로 나눌 수 있다고 생각합니다. 영업하면서 을의 처지를 경험해 본 사람은 어떤 일을 해도 성공할 가능성이 큽니다. 사람을 대하는 태도가 다르기 때문입니다."

유빈은 누군가에게 처음으로 영업에 대한 생각을 털어놨다.

전생을 알게 되면서 유빈은 지금까지 자신의 생을 관통하는 키워드는 깨달음이라는 것을 알게 되었다.

집시일 때는 타로 리더로서 리딩을 통해 우주와 인간사의 비밀을 훔쳐봤다.

히말라야의 수행자일 때는 철저히 고립되어 자신을 되돌아보는 수행을 했다. 혼자서는 깨달음을 얻기가 어렵다는 것을 깨닫고 그다음 생에는 미국의 영업사원의 삶을 선택했다.

하지만 욕망에 사로잡혀 깨달음과는 거리가 먼 삶이 되었고 업만 쌓게 되었다.

전생의 해결되지 못한 업을 해결하고 깨달음을 얻기 위해 바로 지금의 삶을 선택한 것이다.

그것의 첫 단계가 바로 영업사원으로 사는 삶이었다.

이제는 한 단계 발전해 마케팅 부서로 이동하게 되었지만, 마케팅은 유빈에게 영업의 연장선에 있었다.

보통 사람들은 능력이 있으면 남들이 알아주는 '사' 자 직업이나 국가의 일 등을 하는 것을 당연하게 여기고 중요한 일이라고 생각하지만, 유빈에게는 아니었다.

영업을 통해 수많은 사람과 만나고 진심으로 도와주면서 유빈은 깨달음에 가까워지고 업을 해소하고 있었다.

영업은 물건을 팔기 위해 고객을 상대할 때나 약품을 처방하기 위해 의사에게 디테일링 하는 일에만 국한된 것 아니었다.

친구 사이에도 부부 사이에도 심지어는 부모 자식 관계에서도 영업은 뛰어난 힘을 발휘했다.

왜 생면부지 모르는 사람의 말은 경청하고 자신은 낮추면서 우리와 가장 가깝고 중요한 사람한테는 막 대하는지 그 차이를 알면 인간관계는 풍요로워질 수 있었다.

전생을 관조하면서 특정 직업이 다른 직업보다 뛰어나다고 생각하는 사람이 얼마나 편협한 것인지도 느꼈다.

어떤 직업을 선택하느냐는 상관이 없었다.

어떤 직업이든 자신이 재미를 찾고 영혼이 발전할 수 있다면 충분한 것이었다.

그런 관점에서 최석원과 최상렬은 욕망에 사로잡힌 전생의 자신이나 다름없었다. 그들 또한 유빈에게는 해소해야 할 업이었다.

잠시 생각을 정리한 유빈이 확신에 찬 눈으로 이혁을 바라봤다.

"지점장님, 저는 자식이 생기면 어떤 일을 하고 싶어 하건 간에 꼭 영업 일을 권할 겁니다. 영업에 인생을 성공적으로 사는 비밀이 숨어 있기 때문입니다."

"……이제야 알 것 같다. 네가 그렇게 열심히 하고 또 잘하는 이유를. 그런 마음가짐으로 일하는데 못할 수가 없지. 네 말을 듣다 보니 말을 꺼낸 내가 다 부끄럽다."

이혁은 부끄럽다고 말은 했지만, 유빈의 말을 들으니 이상하게도 속이 시원하면서도 울컥한 감정이 되었다.

영업 일에 관하여 없던 자부심이 마구 솟아올랐다.

동시에 가슴 한편에 늘 간직하고 있던 묵직한 뭔가가 사라진 듯한 느낌이었다.

"너한테는 늘 배우는구나. 조금 더 같이 일했으면 좋았을 텐데……."

지점장으로서 부하 직원에게 하기 힘든 말이었지만, 이혁은 개의치 않았다.

"저는…… 지점장님이 제 지점장님이어서 정말 좋았습니다."

"그래, 고맙다."

마음이 뭉클해진 이혁이 유빈의 어깨를 두드렸다.

그도 유빈의 진심을 느끼고 있었다.

유빈이 팀을 떠난다는 사실에 마음이 무거웠지만, 이야기를 들으니 유빈은 놔줄 수밖에 없는 사람이었다.

품 안에 품고 있기에 유빈은 큰 사람이었다. 하지만 사람인지라 섭섭한 것은 어쩔 수 없었다.

원래 앉아 있던 자리로 돌아간 이혁은 언제 그랬냐는 듯이 다른 직원들과 더 신나게 놀았다.

하지만 오라까지는 숨길 수 없었다. 이혁의 오라가 깊은 바다처럼 파랬다.

이혁의 오라를 바라보는 유빈도 마음이 무거워지는 건 어쩔 수 없었다. 하지만 이혁 지점장처럼 유빈도 애써 웃으며 회식을 즐겼다.

"오빠, 지점장님하고 무슨 이야기 했어?"

동기이자 같은 팀 동생인 서경아가 말을 걸었다.

서경아는 처음에는 조금 어리바리한 면이 있었지만 잘 적응해서 좋은 실적을 내고 있었다.

유빈은 일부러 밝은 표정을 지으며 답했다.

"응, 그냥 별 이야기 아니야. 아, 맞다. 경아야. 혹시 골든리트리버가 잘 걸리는 병이 뭐야?"

왜인지는 모르지만 서경아를 보니 문득 메디파트너스에서 봤던 최재승 대표의 개가 떠올랐다.

"골든리트리버? 왜요? 키우려고요? 원룸에서 키우기는 힘들 텐데."

"아니, 그건 아니고. 아는 사람이 키우는데 조금 아파 보여서. 도움이 될까 봐 물어보는 거야."

유빈은 수의사 면허가 있는 서경아에게 혹시나 해서 물어 봤다.

컨설팅 계약에 대해서는 아직 정하지 못했지만, 나중에 전화로 답변할 때 개에 대해 한마디라도 해줄 생각이었다.

"음, 잘 안 움직인다고 했죠? 몇 살인지는 모르니까 일단 관절염이나 심근증을 의심해 볼 수 있겠네요. 위장 장애일 수도 있어요. 위 염전은 응급이니까 아닌 것 같고 나이가 어리다면 고관절이형성증도 감별 진단에 넣을 수 있겠네요."

"이야, 경아 너 진짜 수의사 같다."

"오빠! 저 수의사 맞아요. 호호. 면접 때는 이야기하지 않았지만, 회사 들어오기 전에 대학 병원에서 일 년 정도 일했어요. 학부 때는 외과실습실에 있었고요."

"그래? 근데 왜 임상 안 하고 제약회사에 들어왔어?"

"동물은 좋은데 일하다 보니까 답답해서요. 만나는 사람도 한정되어 있고 좁은 공간에서 계속 있으려니까 좀이 쑤시더라고요."

동기인 서경아와 몇 번 이야기를 나눴지만, 지금 같은 대화는 처음이었다. 그녀도 술이 조금 들어가자 개인적인 이야기를 술술 털어놨다.

매번 업무적으로 유빈에게 조언을 들었는데 유빈이 질문하니 반가운 모양이었다.

회식을 마치고 원룸에 돌아온 유빈은 호심법과 완무 수련을 마치고 침대에 누웠다.

하지만 평소 때와는 달리 잠에 쉽게 들지 못했다.

이혁 지점장님과 마케팅 부서로 옮길 일을 생각하니 마음이 싱숭생숭했다.

결국, 다시 자리에서 일어선 유빈이 불을 켰다.

뭐라도 해볼까 생각하는데 최재승 대표에게 받은 책이 떠올랐다.

전문 업체로부터 컨설팅받지 못한다면 혼자 힘으로 해결해야 했다. 그다지 기대는 안 되었지만, 유빈은 책을 펴들었다.

하지만 예상과는 달리 유빈은 곧 최재승의 저서 [병원 컨설팅의 A to Z]에 빠져들었다.

책의 내용은 최재승이 어린 날에 부모님을 따라 미국에 이민 온 것부터 시작되었다.

동양 사람이 많지 않은 동네에서 살아 차별받던 일화부터 열심히 공부해 명문 대학에 입학한 일까지, 그의 젊은 시절의 모습을 알 수 있었다.

대학 졸업 후 대형 MSO(병원경영지원회사)에 취직해 다양한 업무를 익힌 후, 자신의 회사를 차리고 싶어 그만두게 된 과정과 결심. 그리고 공부의 필요성을 느껴 MBA까지 취득한 그의 열정을 엿볼 수 있었다.

고령화 시대에 병원과는 떨어져 살 수 없는 현대인을 생각할 때 병원 컨설팅은 블루 오션이었다.

최재승은 미국보다는 경쟁자가 없는 한국에서 사업을 시작하는 쪽을 선택했다. 물론, 이민자로서 한국에 대한 막연한 그리움도 한몫했다.

한국에서 어렵게 회사를 차렸지만, 의사들에게 아직 익숙하지 않은 병원 컨설팅을 알리기 위해 고군분투했던 모습이 글 속에 고스란히 녹아 있었다.

열심히 한 결과 몇 개의 대형 프로젝트를 딸 수 있었다. 그 다음 챕터부터는 병원을 어떻게 컨설팅했는지에 대한 내용이 나와 있었다.

최재승이 컨설팅한 대형 병원은 정형외과라 산부인과와는 상황이 달랐지만, 컨설팅 전후의 변화를 보면서 유빈도 감탄했다.

능력 있는 사람이란 건 확실했다.

책에서 잠시 눈을 떨어뜨린 유빈이 생각을 정리할 겸 호흡을 가다듬었다.

기대하던 컨설팅 관련 내용은 전공과가 달라 그다지 도움이 되지 않았지만, 그것보다 유빈은 글에서 최재승의 노력과 열정, 무엇보다 능력을 엿볼 수 있었다.

이런 사람이라면 사랑산부인과 컨설팅을 맡겨도 될 것 같았다.

메디파트너스의 현재 상황이 마음에 걸리기는 했지만, 뭔가 이유가 있을 것 같았다.

유빈은 타로카드를 꺼내 최재승 대표와의 계약에 대한 답을 구했다.

역방향의 '운명의 수레바퀴'는 최재승 대표가 변화에 적응하는 데 어려움을 겪고 있음을 보여 줬다. 하지만 그다음에 나온 '별' 카드는 밝은 전망을 암시했다.

선덕여대 축제 이후로 타로 카드 리딩이 조금 더 자연스러워진 느낌이었다.

그에 대한 전체적인 리딩은 긍정적인 결과를 암시하고 있었다. 펼쳐진 타로카드로 봐서 그와의 관계는 단발성으로 끝날 것 같지 않았다.

타로 결과도 그렇지만 책을 읽은 유빈은 최재승 대표와 한번 더 대화하는 쪽을 선택했다.

"그나저나 책 제목이 에러네……."

내용에 비해 제목이 너무 평범했다. 유빈이 책 표지를 보며 혀를 찼다.

다음 날 유빈은 최재승 대표와 다시 통화했다. 그 과정에서 유빈은 자신이 사랑산부인과 직원이 아니고 제네스 코리아 직원이라는 사실을 밝혔다.

같이 일할 사람. 그것도 마케팅에까지 이어질 인연이라면 솔직하게 이야기할 필요가 있었다.

최재승도 제네스에 대해서는 잘 알고 있었다.

의료업계에 종사하면서 모를 수 없는 이름이었다.

예상외의 전개에 그도 흥미를 느꼈는지 다행히 약속을 다시 잡을 수 있었다.

"이쪽은 제 회사 동료인 서경아 씨입니다."

유빈은 혼자 가지 않고 서경아에게 도움을 청했다.

최재승 대표가 개한테 신경을 많이 쓰고 있다는 사실 때문에 일부로 부탁한 것이었다. 서경아도 유빈을 돕는 것을 주저하지 않았다.

유빈으로부터 자세한 상황 설명을 듣지 못한 서경아는 가정집이 아닌 컨설팅 회사로 들어가자 약간 당황한 눈치였다.

하지만 대표실 바닥에 누워 있는 골든리트리버를 보고는 유빈이 업무와 관련하여 해결하려는 일이 있음을 알 수 있었다.

서로 인사를 나누고 어색한 분위기가 어느 정도 가시자 유빈이 먼저 말을 꺼냈다.

"어제저녁 곰곰이 생각해 봤는데, 대표님께 컨설팅을 맡기고 싶습니다. 비용은 말씀하신 대로 지급하겠습니다."

유빈이 거두절미하고 시원하게 결론을 이야기하자 최재승 대표가 고개를 갸웃거렸다.

하룻밤 만에 유빈이 생각을 바꾼 이유가 궁금했다.

"감사합니다. 그런데 왜 마음이 변하셨는지 궁금하군요. 저는 사실 어제 미팅을 마치고 다시 연락이 오지 않을 거로 생각했습니다."

유빈이 고개를 끄덕이며 답했다.

"대표님과 이야기를 나누고 컨설팅을 맡기고는 싶었지만, 회사를 접고 미국으로 돌아간다는 사실이 마음에 걸렸습니다. 그런데 어제저녁, 대표님의 책을 읽어 봤습니다."

"책이요?"

"대표님이 쓰신 [병원 컨설팅 A to Z] 말입니다. 책을 읽고 대표님에게 일을 맡기고 싶어졌습니다. 병원 컨설팅을 천직으로 여기시는 것 같더군요. 대표님이 글을 쓸 때의 마음이 저에게도 전해졌습니다. 이런 마음으로 일하는 사람이라면 믿고 맡길 수 있을 것 같았습니다."

"아, 그러셨나요?"

최재승 대표가 살짝 부끄러워하며 방 한쪽에 쌓여 있는 책 더미를 쳐다봤다.

잘나갈 때 쓴 책이었다.

생각해 보면 그때는 열정이 있었다.

안 되는 일도 어떻게든 부딪히면서 해결했고 컨설팅의 효과가 뛰어나 인정받기도 했다.

하지만 일거리가 많아지면서 그는 병원 원장과 의견 대립하는 일이 잦아졌다.

물론, 의뢰자로서 원하는 것이 있을 수 있지만 간섭하는 일이 도를 넘었다.

외국에서 살다 온 그로서는 한국 의사의 권위의식을 이해하지 못했다. 전문가는 자신인데 원장이라는 사람이 컨설팅 하나하나에 딴지를 걸었다.

그렇게 몇 번 일을 겪다 보니 업계에 좋지 않은 소문이 퍼졌다.

예의를 중시하는 한국 사람에게 최재승 대표는 능력은 있지만 건방진 젊은이일 뿐이었다.

시간이 지날수록 일거리는 줄어들었다.

결국, 최재승 대표는 회사를 접고 미국으로 돌아갈 결심을 하게 된 것이었다.

그런 와중에 유빈이 나타난 것이었다.

폐업 비용이라도 마련할까 해 유빈의 컨설팅 의뢰를 받으려 했지만, 마음은 내키지 않았다.

그런데 눈앞에 있는 남자는 책을 읽고 일을 맡기고 싶어졌다고 말하고 있었다. 몇 권 팔리지는 않았지만, 그 책에는 최재승 대표의 진심이 담겨 있었다.

그걸 알아준 사람은 유빈이 처음이었다.

"그 마음은 지금도 변함이 없으시겠죠?"

유빈이 선한 미소를 지으며 물었다.

최재승은 망설이지 않고 대답했다.

"물론입니다."

유빈이 본격적으로 컨설팅에 대해 문의하려고 하는데 최재승 대표가 먼저 질문했다.

"저, 그 전에 궁금한 게 있습니다. 김유빈 씨는 제네스 코리아 영업사원이라고 하셨죠? 그런데 영업사원이 왜 병원 컨설팅까지 케어하시는 거죠?"

최재승 대표가 의아한 눈초리로 유빈의 눈을 마주 봤다.

"어떻게 말씀드려야 할지…… 그냥 제가 조금 오지랖이 넓은 영업사원이라고 생각해 주세요. 저는 제 주변에 있는 사람들이 다 잘되었으면 하는 마음가짐으로 일하고 있습니다. 제가 착해서 그런 것은 절대 아닙니다. 그렇게 일하다 보면 저한테도 보상이 돌아오더군요. 그리고 영업사원이 할 수 있는 일의 한계는 없다고 생각합니다."

최재승은 유빈의 솔직한 대답에 고개를 끄덕였다.

경영학을 전공한 그는 유빈이 하고자 하는 말이 무슨 의미인지 잘 알 것 같았다.

영업이 아니더라도 어느 분야에서든 기존의 틀을 깨는 사람은 항상 있다. 크게 성공하는 사람은 이런 부류 중에서 나왔다.

최재승도 열정이 넘치는 유빈에게 흥미가 생겼다.

"저도 한 가지만 여쭤보겠습니다. 왜 미국으로 돌아가시려는 거죠?"

유빈은 최재승의 오라가 호의적으로 바뀌자 조심스럽게 물었다. 사적인 이야기라서 그가 굳이 답할 필요는 없는 질문이었다.

하지만 유빈의 솔직함이 전염되었을까.

최재승 대표도 망설임 없이 입을 열었다.

"음, 한국은 여러모로 미국과는 다릅니다. 특히, 유교 문화라 할까요? 능력과는 상관없이 나이가 굉장히 중요합니다. 이곳에서는 회사의 대표로서 젊은 나이는 마이너스입니다."

유빈은 진중한 표정으로 그의 말에 귀를 기울였다.

"처음에 한국에 왔을 때는 그런 걸 잘 몰랐습니다. 몇 번 원장님들과 부딪히다 보니 평판이 별로 안 좋아졌죠. 아시다시피 좁은 업계입니다. 어느 때부터는 대형 병원에서의 의뢰가 뚝 끊겼습니다. 일이 없으니 회사를 유지할 수가 없지 않겠습니까? 그런 이유입니다. 그리고…….”

최 대표가 축 늘어져 있는 골든리트리버를 가리켰다.

“제가 미국에서 올 때 저와 함께 온 녀석입니다. 그때가 세 살이었으니까 이제 여덟 살이죠. 최근에는 나이가 들어서 그런지 힘도 없고 예전처럼 밥도 잘 먹지 않습니다. 미국은 정말 개한테는 천국입니다. 녀석이 죽기 전에 신나게 뛰어놀다 갔으면 하는 바람입니다.”

누구에게도 털어놓은 적이 없는 이야기였다. 속이 시원하면서도 최재승 대표는 대답하고 있는 자신이 의아했다.

이상하게 눈앞에 앉아 있는 사람과 마주하고 있으면 마음이 무장 해제되는 느낌이었다.

“그렇군요. 말씀해 주셔서 감사합니다. 사실 오늘 같이 온 서경아 씨는 직장 동료이기도 하지만 면허를 가지고 있는 수의사입니다.”

유빈이 알겠다는 듯이 고개를 끄덕였다.

“정말 수의사세요?”

최재승의 두 눈이 커지며 서경아를 바라봤다.

유빈이 왜 직장 동료와 함께 왔는지 궁금했는데 이제야 알 것 같았다.

한편으로는 유빈의 꼼꼼함이 놀라웠다.

처음 미팅 때 루키의 안부를 물은 것이 그냥 지나가면서 한 말이 아니었다.

자신도 컨설팅하면서 디테일을 놓치지 않으려 하는데 유빈은 그 이상인 것 같았다.

"네, 수의사 맞습니다. 회사에 들어오기 전에 병원에서 일했습니다. 괜찮으시면 제가 한번 살펴봐도 될까요? 강아지 이름이 뭐죠?"

서경아가 웃으며 이야기했다.

"……루키입니다."

"이름이 귀엽네요. 나이는 좀 있기는 하지만 여덟 살이면 노령견에 막 접어든 겁니다. 그런데 활력이 줄고 식사량이 줄었다는 건 조금 이상하네요."

"그런가요? 전 단지 나이가 들어서 그런 건지 알았는데……."

서경아가 루키에게 다가가 이곳저곳을 살폈다.

유빈도 오라를 전개해 루키의 오라를 살폈다. 녀석의 오라는 폭은 좁았지만, 평온했다.

조금 더 집중하자 선덕여대 이용순 총장을 살폈을 때처럼 루키의 입 부분의 오라가 불규칙한 형태와 어두운색을 띠며 좋지 않아 보였다.

"좀 말랐네요. 사료 먹이시나요?"

"네. 그런데 일주일 정도 딱딱한 사료를 먹지 못했습니다. 식욕이 원래도 많지 않은 녀석이지만 물만 마시고 습식 사료도 조금밖에 안 먹었습니다."

"동물병원에는 데려가 보셨어요?"

"그게…… 조금 전에도 말했지만, 단순히 노화 현상인 줄로만 알았습니다. 먹는 것 말고는 별다른 변화가 없어서요. 아프다고 생각했으면 바로 병원에 갔을 겁니다."

"토하지는 않았나요?"

"네, 토한 적은 없습니다."

"아시겠지만 대형견이 여덟 살이면 노령견이긴 합니다. 여러 가지 질병이 있을 수 있죠. 지금 상태로 봐서는 위장장애 가능성이 큰 편인데 검사해 보지 않아서 정확한 진단을 하기는 어렵네요."

"경아야, 혹시 입속에 문제가 있는 건 아닐까?"

전문가가 아니므로 유빈이 조심스럽게 의견을 제시했다. 유빈은 루키의 입에서 보이는 불규칙성에 신경이 쓰였다.

"입속이요? 그럴 수도 있겠네요. 한번 볼까요?"

확률이 낮았기 때문에 살펴보지는 않았지만, 가능성은 있었다.

서경아가 챙겨 온 도구를 꺼냈다. 의료용 펜라이트와 포셉이었다.

"내가 잡을게."

유빈이 루키의 턱을 조심스레 잡아 벌렸다. 유빈은 오라를 루키에게 집중해 흥분을 가라앉혔다.

루키는 원래도 힘이 없었지만, 유빈의 품에 안기자 더 편안한 자세를 취했다.

"어?"

한참 동안 입안을 살피던 서경아가 뭔가를 발견했는지 한 곳에 빛을 비췄다.

"이런……. 치아 상태가 심각하네요. 구강에 치주염이 심하고 치은도 종대되어 있어요. 그리고 무엇보다 상악 쪽에는 종괴도 보이고요."

"……정말인가요?"

"이건 병원에 가야 해요."

미처 입속을 볼 생각은 하지 못했던 최재승이 서경아의 이야기에 표정이 심각해졌다.

단순히 노화 증상이라고 치부했던 자신이 부끄러웠다. 마음에 여유가 없다 보니 루키를 제대로 살펴보지 못한 것도 사실이었다.

"서경아 씨가 좋은 병원을 추천해 줄 겁니다. 너무 걱정하지 마세요."

"……고맙습니다."

유빈의 말에 최재승이 고개를 푹 숙였다.

다른 날, 약속을 잡은 최재승과 유빈은 서경아가 소개해 준 동물병원에 방문했다.

유빈의 오라로 안정을 찾은 루키는 얌전히 검사를 받았고 입안 종괴는 종양으로 판정되었지만, 다행히 양성종양으로 다른 장기로 전이되지 않았다.

종괴를 제거하고 스케일링과 발치를 비롯해 적절한 치과 치료를 받은 루키는 언제 그랬냐는 듯이 수술 다음 날부터 컨디션을 회복했다. 사료도 곧잘 먹었다.

"유빈 씨, 정말 고맙습니다."

"아닙니다. 이걸로 미국으로 돌아가야 할 이유가 하나는 없어졌군요."

유빈이 매력적인 미소로 최재승 대표를 쳐다봤다.

"네?"

"그럼 남은 이유도 없애러 가 볼까요?"

유빈은 최재승 대표와 담당 지역을 돌며 사랑산부인과 말고도 세원여대 근처에 있는 노원구 황진주산부인과나 의정부의 예손산부인과를 소개해 줬다.

모두 유빈 덕분에 최근 큰 변화를 겪은 병원이었다.

최재승은 두 가지에 놀랐다.

첫 번째는 작은 클리닉에 몰린 환자들을 보고 놀랐고 두 번째는 유빈을 대하는 원장들의 태도에 놀랐다.

유빈이 컨설팅의 필요성을 피력하자 원장들은 두말없이 고개를 끄덕였다. 유빈의 말이라면 팥으로 메주를 쑨다고 해도 믿을 것 같았다.

"어떻습니까? 대형 병원이 아니더라도 대표님이 활약할 시장은 충분합니다."

"……전 그저 컨설턴트일 뿐인데 이렇게 도와주시는 이유가 뭡니까?"

최재승은 유빈의 행동이 이해가 되지 않았다.

아니, 이해할 수 없었다.

자신과 김유빈의 사이는 그저 비즈니스적인 관계일 뿐이었다.

그런데 유빈은 단지 컨설팅 계약을 하기 위해서 노력하는 것이 아니라 진짜로 자신을 돕고자 하는 마음으로 행동한다는 것을 느낄 수 있었다.

마음 터놓을 사람 한 명 없는 한국 땅에서 최재승은 처음으로 한국 사람으로부터 깊은 감동을 느꼈다.

최재승은 자신도 한국에 왔을 때 지금 보이는 유빈의 마음가짐에 반만큼이라도 진심을 갖고 행동했더라면 하는 후회가 들었다.

하지만 다행히 늦은 것은 아니었다.

그에게는 유빈이 만들어 준 기회가 기다리고 있었다.

"제가 전에 말씀드렸죠. 전 그저 제 주변 사람이 행복해지기를 바랍니다. 그러면 그들도 저를 행복하게 해 주거든요. 대표님이 한국에 계속 계시면 제가 담당하는 병원의 컨설팅을 믿고 맡길 수 있으니까 저는 행복해질 겁니다. 하하."

"하하, 정말 못 당하겠군요. 아무래도 짐 싸는 일은 미뤄야 할 것 같습니다."

최재승 대표가 오랜만에 시원한 웃음을 터뜨렸다.

사랑산부인과에서 김이진 원장과 함께 계약서에 서명한 최재승이 병원 밖으로 나와 유빈에게 손을 내밀었다.

루키의 일도 고마웠지만, 그뿐만은 아니었다.

유빈은 그에게 초심을 찾을 수 있는 새로운 도전을 던져 줬다.

최재승 대표는 처음에 한국에 왔을 때처럼 가슴이 두근거렸다.

"앞으로 잘 부탁합니다."

"저야말로 잘 부탁합니다."

유빈도 웃으며 최재승의 손을 맞잡았다. 아직 결과는 알수 없지만 이로써 마케팅에 가기 전에 가장 마음에 걸리는일 한 가지는 해결한 셈이었다.

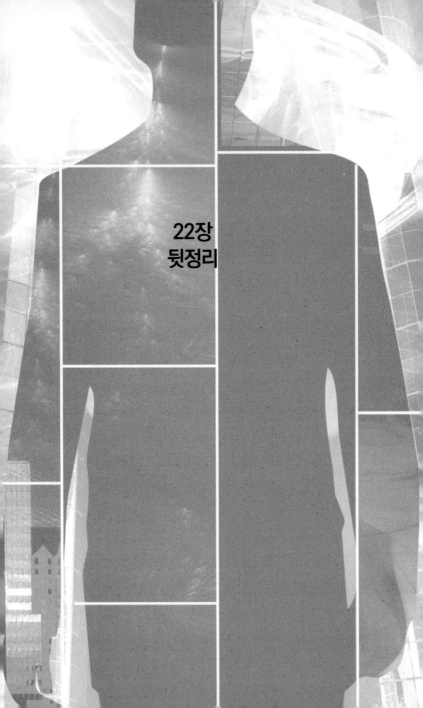

22장
뒷정리

　최재승 대표가 컨설팅을 맡고 가장 먼저 한 일은 사랑산부인과의 분석이었다.

　병원에서 일주일간 머무르면서 의료진을 인터뷰하고 병원 시스템부터 환자의 연령층까지 모든 것을 체크한 그는 곧바로 컨설팅에서 착수했다.

　"일주일 내내 여자분들에게 둘러싸여 있던 상황은 저에게도 신선한 경험이었습니다. 하하."

　최재승 대표가 가벼운 농담으로 컨설팅에 대한 설명을 시작했다. 대상은 사랑산부인과 의료진과 유빈이었다.

　김이진 원장의 강력한 주장으로 유빈도 참석한 것이었다.

최재승 대표도 개의치 않았다.

그는 컨설팅 준비를 하면서 유빈에게 많은 도움을 받았다. 또래인 두 사람은 일 이야기로 연락을 주고받으며 이미 친해진 상태였다.

관심사가 비슷하다 보니 둘은 말이 잘 통할 수밖에 없었다. 최재승은 고마운 마음과 함께 유빈에게 많은 자극을 받았다.

해외에서 MBA까지 수료한 최재승이였지만 영업과 마케팅에 관한 유빈의 풍부한 지식은 대화할 때마다 그를 놀라게 했다.

유빈과의 건설적인 토론은 MBA를 다닐 때도 느껴 보지 못한 고품질의 브레인스토밍이었다.

최재승은 브레인스토밍을 통해 얻은 아이디어를 컨설팅에 접목했다.

"우선, 고무적인 점은 의료진, 병원 규모와 비교하면 환자 수가 많다는 점입니다. 병원 컨설팅에서 가장 어려운 부분을 꼽는다면 환자를 모집하는 일입니다. 그 부분은 해결되어 있어서 생각보다 준비하는 시간이 적게 걸렸습니다."

김이진 원장이 고마움이 담긴 눈길로 유빈을 슬쩍 쳐다봤다. 유빈이 아니었으면 어디서부터 시작해야 할지도 몰랐을, 아니 다시 시작할 생각도 못 했을 막막한 상황이었다.

"보통 이런 상황이면 컨설턴트는 의료진의 숫자를 늘리거나 병원 규모 자체를 키우는 방향으로 권유하지만, 원장님께서는 힘들다고 하셔서 다른 방법을 찾아봤습니다."

최재승이 발표 자료를 넘기며 하나하나 짚어갔다.

"분석 결과, 환자의 90%가 20대 여대생이었습니다. 그리고 초진 환자가 압도적으로 많았습니다. 진료 만족도에 따라 재진 환자가 쌓이고 초진 환자가 계속 유입되면 환자 수는 더 증가할 수 있습니다."

최재승 대표의 말에 김이진 원장의 얼굴이 핼쑥해졌다. 지금도 벅찬데 더 많은 환자라니.

"걱정하지 마십시오. 원장님. 진료 시스템이 제대로 갖춰지면 환자가 늘어나도 지금보다 진료하기는 편해질 겁니다."

지금은 침착하게 이야기하고 있지만, 최재승도 분석하면서 놀란 점이 한두 개가 아니었다.

몇 년 동안 하루 내원 환자가 고작 열 명 내외였던 병원을 순식간에 이 정도로 환골탈태시키기란 프로 컨설턴트에게도 어려운 일이었다.

현재 사랑산부인과의 가장 큰 장점은 끊임없는 환자의 공급이었다.

지리적 이점을 최대한 활용한 데다가 자매결연 병원 및 학생 대상 특강으로 선덕여대 학생들에게 병원의 노출이 잘되고 있었다.

　매년 신입생이 들어오기 때문에 일 년마다 새로운 초진환자가 생겼다. 또한, 졸업해서 지역을 떠난 학생들도 특성상 산부인과만큼은 주치의를 바꾸지 않을 가능성이 컸다.

　그의 분석으로는 사랑산부인과는 앞으로 더 잘 될 수밖에 없는 구조였다.

　물론 그 밑바탕에는 김이진 원장이라는 훌륭한 의사가 있어서 가능한 일이었다.

　더 놀라운 건 병원의 변화를 주도한 사람이 제약회사의 영업사원이라는 사실이었다.

　환자 공급의 선순환을 예측하고 가능성 있는 원장님을 발굴해 사랑산부인과를 선택한 유빈은 놀라운 분명 통찰력의 소유자임이 분명했다.

　유빈에게 제대로 자극받은 그가 환자 관리를 위해 도입한 시스템은 세 가지였다.

　"첫 번째는 초진카드입니다. 지금 사용하고 있는 초진카드는 현재의 환자 연령대와 전혀 맞지 않습니다. 그리고 내용도 부실하고요."

　최재승 대표가 프린트한 초진카드를 나눠줬다.

　체크할 내용이 많기는 했지만 꼼꼼하면서도 보기 쉽게 만들어져 있었다.

최대표가 특히 자신 있어 한 부분은 두 번째 시스템인 상담 간호사였다.

"진료를 받기 전 대기 시간 동안 작성된 초진카드를 보고 간호사 선생님이 먼저 개략적인 상담을 해 주시는 겁니다. 그리고 그 결과를 컴퓨터로 정리해서 바로 원장님께 전달해 주시면 됩니다."

"아, 그렇게 하면 여러모로 편할 것 같아요. 그런데 상담 간호사는 누가 하지?"

김이진 원장의 말에 유빈이 의견을 냈다.

"이 간호사님이 적임자인 것 같습니다. 산부인과 경험도 풍부하시고 제품에 관해서는 각 제약회사의 MR에게 설명을 들으시면 될 것 같습니다."

"어머, 제가요? 자신 없는데……. 호호."

말은 그렇게 하지만 내심 좋은 모양이었다. 손으로 가렸지만, 미소가 전부 숨겨지지 않았다.

"그리고 마지막은 복약 지도입니다. 의약 분업이 된 이후로 병원에서 약에 관해 설명해 주는 경우는 드뭅니다. 이 포인트에서 다른 병원과 차별화를 하는 거죠. 인터뷰를 통해서 알게 되었지만, 호르몬 약은 초기 순응도가 낮아서 약을 끝까지 먹지 않는 경우가 많다고 하더군요."

최재승 대표의 컨설팅은 환자도 고객이라는 마인드에서

준비한 것이었다. 환자가 병원에 와서 제대로 진료받은 기분을 느끼게 된다면 만족도는 높을 수밖에 없었다.

김이진 원장은 최재승 대표의 컨설팅에 크게 만족했다. 원장의 의견을 반영하면서 부족한 점과 해결책을 집어 주는 그에게 신뢰가 갔다.

최재승도 예전이었으면 자신의 의견을 좀 더 피력했겠지만, 유빈과 만나고 나서는 깨달은 바가 있었다.

'고마워요, 유빈 씨.'

최재승 대표가 유빈에게 고마움이 담긴 눈인사를 보냈다.

사랑산부인과는 곧바로 컨설팅 내용을 실제 진료에 적용했다. 조금 시간이 걸렸지만, 시스템이 자리가 잡히자 환자 만족도는 홈페이지 게시글에서 먼저 나타났다.

-기다리는 시간 동안 간호사 선생님으로부터 먼저 설명을 들을 수 있어서 좋았습니다. 산부인과는 처음이라 떨렸는데 간호사 선생님에게 듣고 의사 선생님을 만나니 말씀도 잘 이해되고 하고 싶은 말도 다 하고 나왔습니다. 학교 근처에 이렇게 좋은 산부인과가 있어서 든든합니다. 고맙습니다.

-전에 다니던 병원에서 피임약을 처방받아 먹었었는데 속이 별로 안 좋아서 그만 먹었습니다. 다시 출혈이 생겨서 처음으로 사랑

산부인과를 찾았는데 간호사 선생님이 약 복용법에 대해서도 친절히 알려 주셔서 이번에는 끝까지 먹었습니다. 간호사 선생님 말씀처럼 자기 직전에 먹으니까 괜찮더라고요.

-기다리는 시간은 길었지만, 뭔가 대접받는 기분이었습니다. 다른 병원에 가면 한참 기다렸다가 의사쌤 잠깐 만나고 나오는데 여기는 원장쌤, 간호사쌤과도 충분히 이야기할 수 있어서 제대로 진료받은 기분이었습니다.

그야말로 호평 일색의 게시글이었다.

컨설팅하기 전에 보였던 대기 시간에 대한 불만을 더는 찾아올 수도 없었다.

유빈이 뿌듯한 기분으로 메디파트너스 최재승 대표에게 문자를 보냈다.

[대표님, 고생하셨습니다. 사랑산부인과 홈페이지 가서 보니까 환자분들이 대만족하는 것 같습니다.]

최대표로부터 바로 답장이 왔다.

[별말씀을요. 안 그래도 조금 전에 김이진 원장님께서도 전화를 주셨습니다. 컨설팅 후부터 환자들 표정이 좋아져서 본인 마음도 편해졌다고 고마워하셨습니다. 그리고 시스템이 갖춰지니까 진료도 훨씬 편해졌다고 하셔서 저도 기분이 좋았습니다. 그리고 감사

는 제가 유빈 씨한테 해야죠. ㅎㅎ]

최재승의 문자를 받은 유빈은 자신의 선택이 틀리지 않았다는 사실에 기분 좋은 미소를 그렸다.

그리고 시간이 더 지나면서 유빈이 담당하고 있는 제네스 제품의 처방량도 가파르게 증가하기 시작했다.

유빈은 계획대로 사랑산부인과의 케이스를 C급 병원 위주의 도봉구 의사회 세미나에서 발표했다.

물론 발표자는 유빈이 아닌 김이진 원장이었다.

그녀는 변화 전에 자신이 처해 있던 상황과 어떤 의지로 변화를 결심했는지에 대해 가감 없이 발표했다. 그리고 사랑산부인과의 전후 사진을 보여 주면서 세미나의 분위기를 달궜다.

사랑산부인과의 변화된 모습을 두 눈으로 확인한 C급 병원의 원장들은 그 어느 때보다 열의를 가지고 세미나에 참여했다.

도봉구뿐만이 아니었다.

노원구 의사회에서는 황진주산부인과가 의정부 지회에서는 예손 산부인과가 발표의 주인공이었다.

유빈은 원래 세 병원이 조금 더 자리를 잡으면 지역 의사회에서 세미나를 진행할 계획이었다. 하지만 MR로서 그에게 남은 시간은 많지 않았다.

자신이 시작한 일은 끝을 보고 다음 담당자에게 지역을 넘겨주고 싶었다. 그것이 자신의 담당 지역에 대한 최소한의 예의라고 생각했다.

세미나가 성공적으로 마무리되면서 자연스럽게 최재승 대표의 일거리도 늘어났다. 너무 많은 의뢰가 들어와 순번을 정해야 할 정도였다.

MR로서 유빈의 일이 하나씩 마무리되고 있었다.

3분기가 끝나고 4분기도 빠르게 지나갔다.

아홉 달 동안의 피땀 어린 노력이 실적으로 차곡차곡 쌓여 어떤 영업사원도 달성하지 못한 숫자를 보여 주고 있었다.

유빈은 강북2팀 회의에서 3분기 동안 자신이 준비해 온 계획과 현재 진행 상황을 팀원들에게 발표했다.

지점장님이 시킨 이유도 있었지만, 다른 팀원들이 자신의 담당 지역에서 영업하는 데 조금이라도 도움이 됐으면 하는 바람이었다.

"이상 발표를 마칩니다."

"성북구에도 사랑산부인과와 비슷한 케이스가 있는데 저도 시도해 봐야겠네요. 병원 바로 옆에 선화여대가 있으니까요. 유빈 씨, 계획 세울 때 같이 한 번 봐주세요."

자신의 지역에서도 가능성을 봤는지 최정미 주임이 적극적으로 나섰다.

"알겠습니다, 선배님."

"역시 대단하네요."

차석인 장 대리도 유빈의 발표 내용을 개인적으로 정리하며 고개를 끄덕였다.

"별말씀을요. 시야를 병원 밖으로 조금만 넓히면 어떤 병원이든 기회는 있는 것 같습니다."

유빈은 비록 신입사원이지만 팀 안에서도 좋은 영향을 끼치고 있었다. 이제는 누구도 유빈을 신입사원이라고 생각하지 않았다.

회사 근처에서 점심을 먹고 다른 팀원들은 담당 지역을 향해 떠났지만, 아직 볼 일이 남아 있는 유빈은 다시 회사로 향했다.

회사 정문을 통과하는데 평소와는 다르게 기분이 묘했다.

한 달만 있으면 이 문을 통과해 매일 출근을 해야 했다. 아직 내근직을 경험해 보지 않은 유빈으로서는 두근거리는 일이었다.

'마크 램버트. 당신은 아직 날 모르겠지만, 곧 내 이름을 기억하게 될 겁니다.'

남들이 들으면 웃을 다짐이었지만, 유빈은 그럴 날이 올 거라고 굳게 믿었다. 작은 걸음이었지만, 유빈은 목표를 향해 조금씩 다가가고 있었다.

기분 좋은 떨림과 함께 로비를 지나는데 누군가의 시선이 느껴졌다. 적의가 느껴지는 시선이었다.

'최석원.'

최석원이 맞은편에서 유빈을 향해 다가오고 있었다.

그래도 선배이기 때문에 유빈은 가볍게 목례를 하고 그를 지나치려 했다.

"축하합니다."

하지만 최석원은 그냥 지나칠 생각이 없는 모양이었다. 그러고 보면 둘은 직접 대화를 나눈 적이 없었다.

마치 실제로 치고받은 것처럼 대립과 암투가 몇 달간 이어졌지만, 얼굴을 마주 보며 부딪친 건 지금이 처음이었다.

"……뭘 말입니까?"

유빈이 걸음을 멈췄다. 똥이 더러워서 피하는 거지 무서운 건 아니었다.

"3분기 실적이요. 아주 훌륭하더군요."

최석원은 여전히 가면을 쓰고 있었다. 진심으로 말하지 않는다는 것쯤은 오라가 아니더라도 알고 있었다.

유빈이 무미건조하게 답했다.

"고맙습니다. 다, 선배 덕분입니다."

"⋯⋯내 덕분이라고요? 그게 무슨 말이죠?"

미소를 띠고 있던 최석원의 입꼬리 조금 내려왔다.

유빈은 그의 눈을 똑바로 바라보고 말했다.

"선배 같은 사람이 있어서 더 열심히 할 수 있었습니다."

최석원은 유빈이 무슨 뜻으로 이야기하는 건지 파악하기 위해 노력했지만, 도저히 유빈의 속마음을 읽을 수 없었다.

'설마 내가 써니힐병원에 사람을 보낸 일을 알고 있지는 않겠지? 그래, 그걸 알았다면 이렇게 가만히 있을 리가 없지.'

유빈의 눈빛에는 아무런 감정이 없었다.

마치 길가에 놓여 있는 돌멩이를 보는 듯, 아무런 신경도 쓰지 않는 사람의 눈빛이었다. 그런 생각이 들자 애써 포장하고 있던 회사용 얼굴이 점점 혼자 있을 때의 상태로 돌아가려 했다.

'뭐야, 이 자식. 나는 신경도 안 쓴다는 건가? 나 혼자서만 널 의식하고 있는 거야?'

무거운 침묵이 맴돌았다.

속마음을 드러내지 않으려는 두 남자가 대화하고 있으니 계속 이어질 리가 없었다.

하지만 유빈은 고스란히 최석원의 오라가 변하는 모습을

지켜보고 있었다. 최석원의 속마음에 따라 오라가 심하게 변화를 일으켰다.

겉으로는 침착하려 애쓰고 있지만, 마음의 파도가 얼마나 출렁이는지 알 수 있었다.

최석원과 최상렬의 결정적인 차이였다.

유빈이 바라본 최상렬 부사장의 오라는 일정한 상태를 유지했다. 감정의 기복이 없는 냉철한 스타일이라는 뜻이었다.

하지만 최석원은 감정을 조절하기에는 아직 어렸다.

지금 그의 오라는 유빈에 대한 공격적인 감정을 그대로 드러내고 있었다.

"지금 표정이 진짜 같군요."

혼잣말처럼 읊조린 유빈은 다시 한 번 목례를 하고 자리를 벗어나려 했다. 그와 길게 이야기해 봤자 득이 될 게 없었다.

"김유빈, 거기 서. 선배가 이야기하는데 어딜 마음대로 자리를 떠?"

"……."

유빈이 어이없다는 표정으로 최석원과 다시 마주했다.

"너도 사회생활을 해봤으니 실적이 전부가 아니라는 것쯤은 알고 있겠지?"

참지 못한 최석원은 가면을 벗어 던졌다. 다른 사람은 몰라도 유빈에게는 더는 본심을 숨길 생각이 없어 보였다.

"무슨 말이 하고 싶은 겁니까?"

하지만 유빈은 전혀 흔들리지 않았다. 지금의 모습이 아니더라도 그의 본성에 대해서는 잘 알고 있었다.

"네가 실적이 아무리 좋아도 우리 아버지가 곧 사장이 되면 너도 끝이라는 이야기야."

"제네스는 누구의 것도 아닙니다. 정말로 그렇게 생각한다면 한심하기 짝이 없군요. 다 큰 성인이 혼자서 서지는 못할망정 아직도 아버지 품에서 응석을 부리는 꼴 아닙니까. 적당히 좀 하십시오."

"뭐, 뭐라고?"

유빈이 동요하지 않을뿐더러 오히려 최석원의 화를 돋웠다.

"상대할 가치도 없군요."

최석원의 감정과는 상관없이 유빈이 고개를 돌리려 했다. 하지만 최석원은 다시 한 번 유빈을 불러 세웠다. 목소리에서 날카로운 쇳소리가 섞여 나왔다.

"……이 자식, 거기 안 서? 여성건강사업부가 축소되면 네가 아무리 날고 기어도 소용없어!"

"그게 무슨 소리지?"

돌아선 유빈의 강력한 눈빛에 최석원은 말실수를 깨달았는지 잠시 움찔했다.

또 저 눈빛이다.

고요하고 깊지만 건드렸다가는 폭발할 것 같은 눈빛.

싸이클 미팅 때도 유빈의 저 눈빛에 몸이 떨렸다.

머리로는 어떻게든 대항하려 했지만, 몸은 따라 주지 않았다.

"내가 베스트 MR이 되면, 그럼 주서운도……."

당황한 최석원이 알 수 없는 말을 주절거리기 시작했다.

"아니, 아무튼 요령껏 잘하는 게 좋을 거야. 모난 돌이 되기 싫으면 알아서 수그리는 게 좋을 거라고."

자신이 뱉은 말을 대충 얼버무리는 게 보였다.

최석원이 뭔가 찔리는 게 있는지 급하게 유빈을 지나쳐 가려 했다.

유빈은 지나쳐 가는 최석원을 잡지 않았다.

그의 말실수로부터 뜻밖의 사실을 알 수 있었다.

그는 분명히 여성건강사업부의 축소를 언급했다.

한낱 MR인 최석원의 의중은 아닐 것이다. 아버지인 최상렬 부사장의 이야기를 들은 것으로 추측할 수 있었다.

여성건강사업부의 축소가 최상렬이 가진 비장의 한 수라면?

최상렬 부사장이 사장이 되면 본사 CEO인 마크 램버트처럼 비용 절감이라는 명분으로 인원 감축이 일어날 게 분명했다.

그리고 그 첫 번째 대상은 바로 여성건강사업부였다.

최상렬과 싸워야 할 명분이 하나 더 생긴 것이었다.

한 가지 더.

최석원은 말하는 도중에 주서윤에 대한 감정을 노출했다. 짧은 언급이었지만 유빈은 놓치지 않았다.

주서윤을 언급하면서 최석원의 오라가 강한 변화를 보였다. 오라가 보여 준 것은 그의 욕망이었다.

남녀와 관계된 감정의 강력함은 일리아드 오디세이에서처럼 전쟁도 일으킬 수 있을 정도였다.

주서윤과 친하게 지내는 자신에 대한 최석원의 마음을 짐작할 수 있었다. 그의 행동이 단지 실적 때문만은 아니었다.

그 말은 유빈이 주서윤과 계속 가깝게 지낸다면 앞으로도 써니힐병원에서와 같은 비상식적인 행동을 계속할 가능성이 크다는 이야기였다.

최석원의 처리를 일단 첼시 사장에게 맡겨 보려던 유빈의 생각이 달라졌다.

'넌 내가 가만히 안 둔다.'

유빈은 칼을 갈면서 최상렬의 의중에 대해서도 깊숙이 생각해 봤다.

최상렬은 부서의 분사를 통한 비용 절감과 인력 구조조정으로 제네스 본사를 다이어트하고 있는 마크 램버트 CEO와 궤도를 맞출 생각으로 보였다.

최상렬에게 타 부서보다 인풋 대비 아웃풋이 낮은 여성건 강사업부는 좋은 타깃임이 분명했다.

올해는 여성건강사업부가 좋은 실적 증가율을 보였지만, 그가 본격적으로 나선다면 상황이 안 좋아질 수도 있다는 생 각이 들었다.

하지만 유빈은 그렇게 되도록 놔둘 생각이 전혀 없었다.

최석원과의 짧지만 강렬한 만남을 뒤로하고 유빈은 엘리 베이터에 올랐다. 두근거리던 심장은 피어오르는 분노로 차 갑게 식고 있었다.

유빈이 23층 버튼을 눌렀다.

4분기 싸이클 미팅인 그랜드 미팅을 앞두고 첼시 사장이 다시 유빈을 호출했기 때문이었다.

호심법으로 마음을 다스린 유빈이 감정을 완벽히 조절한 상태로 엘리베이터에서 내렸다.

"사장님, 김유빈입니다."

"오, 미스터 킴. 들어오세요."

첼시 사장이 반갑게 유빈을 맞았다.

그녀가 보기에 유빈은 늘 믿음직스러웠다. 사장인 자신을 대할 때도 쓸데없이 굽실거리지 않으면서도 호감 가는 매너를 보여 줬다.

마치 오랜 시간 갈고 닦은 매너가 몸에 배 있는 사람 같았다.

매너뿐만이 아니었다. 그가 보여 주는 실적은 유빈의 능력을 단적으로 보여 주고 있었다.

첼시 사장은 최상렬 부사장에 의해 팔다리가 묶여 있었지만, 유빈을 만난 이후로는 한결 숨통이 트인 느낌이었다.

유빈이 부드러운 미소와 함께 첼시 사장의 맞은편 자리에 앉았다.

통유리로 된 첼시 사장의 집무실에서 밖을 바라보니 영동대로와 테헤란로가 훤히 보였다.

"경치가 나쁘지 않죠? 한국 사람들은 한강처럼 자연이 보이는 건물을 선호한다고 하더군요. 하지만 저는 빌딩 숲 사이에 있는 이곳이 더 마음에 듭니다."

"그러신가요? 저도 한국 사람이라 딱딱한 건물보다는 산이나 강이 보이는 곳이 좋습니다."

유빈은 일단 최석원과의 만남이 남긴 잔상을 떨쳐버리고 첼시 사장과의 대화에 집중했다.

머릿속을 완전히 정리하기 전에는 최석원이 한 말은 아직 첼시 사장에게 말하지 않는 편이 낫다고 생각했다.

"그렇군요. 저는 반대편 건물을 볼 때마다 열심히 일하고 있는 사람들의 에너지가 느껴집니다. 한국은 제가 가 본 그 어느 나라보다 사람들이 열심히 일합니다. 밤늦게까지 켜져 있는 맞은편 건물을 보면 저도 열심히 일해야겠다는 생각이 절로 듭니다."

그녀가 아무 이유 없이 사장이 된 것이 아니었다.

첼시 사장 정도의 마음가짐과 또 그것을 뒷받침할 수 있는 능력이 없이는 임원을 꿈꿀 수도 없었다.

유빈도 그런 첼시 사장을 보며 마음을 가다듬었다.

"미스터 킴의 4분기 실적을 막 확인했습니다. 눈으로 보고도 믿기지 않는 수치더군요."

"감사합니다. 그저 최선을 다했을 뿐입니다."

"미스터 킴, 본사에 가면 조금 더 자신의 능력을 어필 할 필요가 있습니다. 그곳에서는 겸손은 곧 무능입니다."

겸손함을 보이는 유빈에게 첼시 사장이 애정 어린 조언을 해 주었다. 그녀가 지켜본 유빈이라면 본사에서 일하는 것이 단지 목표로 끝날 것 같지 않았다.

"알겠습니다. 사장님. 그런데 오늘은 왜 부르신 건가요?"

유빈이 미소로 그녀의 조언에 감사를 표했다.

"이제 그랜드 미팅만 끝나면 마케팅 부서에서 일하게 될 텐데, 마법 같은 영업 실적처럼 프로젝트를 성공하게 할 계획이 있나 궁금해서요."

첼시 사장이 유빈에게 프로젝트에 대한 설명을 한 게 3개월 전이니 그녀도 그동안 유빈이 무슨 생각을 하고 어떤 계획을 세웠는지 궁금할 만했다.

그녀의 말에 유빈이 씨익 미소를 지었다.

"영업할 때처럼 최선을 다할 생각입니다. 그리고 겸손이 무능이라고 말씀하셨으니 직설적으로 답하겠습니다. 프로젝트는 성공할 겁니다. 자신 있습니다."

유빈은 4분기에 담당 지역의 영업 일을 마무리하면서 동시에 틈틈이 회사 내부의 분위기를 살폈다.

특히, 같이 일하게 될 마케팅 부서의 직원들과 호감을 쌓기 위해 노력했다.

그 과정에서 주서윤의 도움으로 우연인 것처럼 식사를 함께하면서 사람들을 파악해 갔다.

처음에 유빈은 임원들을 대상으로 한 발표 때문에 자신이 비호감일 거로 생각했다.

하지만 PM들은 오히려 유빈의 주장을 지지했다. 어차피 마케팅 플랜의 큰 줄기는 마케팅 헤드인 유진영 차장이 결정권을 가지고 있었다.

그녀들은 상사에게 자신들이 대놓고 말하지 못한 부분을

시원하게 이야기해 준 유빈과의 대화를 오히려 반겼다.

주서윤에게 듣기는 했지만, 유빈은 마케팅 직원들과 이야기하면서 생각보다 내부 사정이 심각하다는 사실을 느꼈다.

우선, 여자들로만 이루어진 홍보부와 여성건강사업부 마케팅 부서는 앙숙 중의 앙숙이었다.

신속한 일 처리가 중요한 구매부와의 관계도 그다지 좋지 않았다. 나머지 부서와도 소통이 잘 안 되는 것 같았다.

그저 자기 일에만 프로지 유기적인 협업은 찾아보기 힘들었다. 구심점이 되어야 할 마케팅이 역할을 제대로 못 하고 있었다.

그럼에도 회사 실적이 잘 나오는 이유는 제네스가 보유한 약품 포트폴리오가 워낙 뛰어나고 우수한 영업팀이 있었기 때문이었다. 하지만 언젠가부터 마케팅과 영업팀 사이에도 균열이 생기고 있었다.

모든 문제가 겉으로 확연하게 드러나지는 않았지만, 속에서 곪고 있는 것은 확실했다.

대부분의 직원은 문제점을 느끼고 있었지만, 자기 일 만해도 바쁘고 딱히 할 수 있는 일도 없었다. 게다가 나서서 해결해야 할 임원들 역시 손을 놓고 있었다.

내부 사정을 속속들이 알게 된 유빈은 왜 첼시 사장이 무리하면서까지 자신을 내근 부서로 불러들였는지 알 수 있었다.

제네스 코리아는 변화가 필요했다.

그리고 첼시 사장은 변화를 일으킬 수 있는 사람으로 유빈을 선택한 것이었다.

문제점을 알면 해결할 수도 있었다. 유빈은 자신이 있었다.

유빈의 자신감 있는 모습에 첼시 사장은 그랜드 미팅에서 있을 깜짝 발표를 생각했다.

그녀는 저 말을 듣기 위해 오늘 유빈을 부른 것이었다.

그녀도 알고 있었다.

이제 9개월밖에 안 된 MR을 내근 부서 그것도 프로젝트 매니저라는 생소한 직급으로 임명한다는 사실이 나중에 그녀의 발목을 잡을 수 있다는 사실을.

하지만 첼시 사장은 사람을 보는 자신의 안목을 믿었다.

어려운 일이지만 눈앞에 앉아 있는 선한 인상의 유빈이라면 해낼 수 있을 것 같았다.

"프로젝트가 실패한다면 미스터 최가 가만히 보고 있지만은 않겠지만, 미스터 킴의 자신감을 보니 조금은 흔들리던 마음이 다잡아지는군요. 고마워요."

"아닙니다. 아, 그런데 제가 전에 드린 사진은 어떻게 하실 건가요?"

마침 최상렬 부사장이 언급되자 유빈은 자연스럽게 전에 만났을 때 건네준 고원일의 파파라치 사진을 언급했다.

그녀의 선에서 최석원 문제가 해결된다면 손을 더럽힐 필요가 없어 건네준 것이었다. 하지만 이제는 생각이 달라졌다.

"아, 그 사진. 음, 미스터 곽과 대화를 나눠봤지만, 그 사진만으로는 부족한 것 같습니다. 뭔가 더 확실한 증거가 있어야만 미스터 최를 인사위원회에 세울 수 있습니다. 마음이야 바로 해고하고 싶지만……. 해결해 주지 못해서 미안합니다."

"그렇군요. 사장님, 그럼 그 문제는 그럼 저한테 맡겨 주십시오."

유빈은 최석원을 이대로 놔둘 생각이 없었다.

"미스터 킴이요? 어떻게?"

"기다려 보시면 알게 되실 겁니다. 그럼 그랜드 미팅 때 뵙겠습니다."

인사를 하고 사장실을 나서는 유빈의 발걸음이 빨라졌다.

유빈은 평소처럼 담당 지역을 돌아다니고 마케팅 업무를

준비하는 한편 시간이 될 때마다 영업팀의 다른 직원들 그리고 마케팅 부서의 PM들과 이야기를 하면서 슬쩍 최석원에 대한 이야기를 물었다.

최석원이 빠져나갈 수 없는 완벽한 그물을 치기 위한 준비였다.

대부분은 능력 있으면서 예의 바르고 잘 웃는 최석원을 좋게 평가하고 있었다. 하지만 그런 와중에 그냥 지나칠 수 없는 이야기도 있었다.

"최석원씨요? 제 타입은 아니에요."

유빈의 질문에 젤레크 PM인 박다혜가 엉뚱한 대답을 했다.

"아, 네…… 하하. 그런데 왜 마음에 안 드세요?"

"그 사람 겉으로는 밝아 보이지만 어딘가 찜찜하다고 해야 할까?"

유빈은 속으로 놀랐다. 엉뚱해 보이는 박다혜는 뜻밖에 사람 보는 눈이 있었다.

"아, 그러고 보니까 전에 강남구 의사회에서 세미나 하는데 엄청 비싼 식당에서 하더라고요. 내가 물어보니까 얼버무리던데 수상해요. 수상해."

대화는 그렇게 끝났지만, 유빈은 박다혜의 말을 그냥 지나치지 않았다.

유빈은 최석원이 강남구 의사회를 열었던 식당을 직접 찾아갔다.

"안 된다고요?"

유빈은 다른 회사의 영업사원인 척하며 물었지만 돌아온 대답은 최석원이 박다혜 PM에게 설명한 내용과는 달랐다.

"네, 저희 레스토랑은 코스 최저 금액이 10만 원부터입니다."

"이상하네. 전에 다른 회사 직원이 세미나 할 때는 5만 원으로 맞춰 주셨다고 듣고 찾아온 건데요."

유빈은 날짜까지 확인해 주며 물었다.

"아, 그날이요? 음, 잠시만요. 확인해 보니까 그날도 10만원 코스로 나갔습니다."

유빈은 최석원이 어떤 방식으로 영수증과 세미나 명단을 제출했을지 알 것 같았다.

강남구 의사회뿐만 아니라 며칠 뒤에 이어진 분당구 의사회도 마찬가지였다.

유빈을 방해한 것뿐만 아니라 최석원은 규정을 어겨 가면서 영업을 하고 있었다.

한 개의 꼬리를 잡았지만, 이 정도로는 아직 부족했다.

최석원을 처리하기 위해서는 꼬리 아홉 개를 단번에 자를 수 있는 강력한 한 방이 필요했다.

내키지 않은 표정으로 유빈이 누군가에게 전화를 걸었다.

"교수님, 이바돈을 시술하시다가 문제가 생기면 앞으로는 그쪽 회사로부터 케어받기가 힘들지 않을까요? 이바돈 대신 엔젤로로 시술해 주시면 교수님께서 걱정하시는 일이 생기지 않도록 제가 최선을 다하겠습니다."

강남의 대학 병원에서 최석원은 백서제약의 약품을 자사 제품으로 교체하기 위해 분투하고 있었다.

백서제약의 리베이트 사건은 점유율을 높을 수 있는 절호의 기회였다.

"흐음, 그렇기는 하겠지. 다른 교수님도 이제 백서제약 약품은 처방하기가 꺼려진다고 하시더군. 하지만 최석원 씨도 잘 알겠지만, 가격 메리트 때문에 이바돈을 찾는 환자는 꾸준히 있네. 그 사람들을 다 엔젤로로 돌릴 수는 없는 일이야."

"네…… 그러시군요. 알겠습니다. 교수님."

최석원이 교수의 말에 잠시 물러나는 듯했다가 다시 말을 꺼냈다.

"맞다. 교수님. 제가 이번에 아는 사람한테서 오페라 티켓을 두 장 받았는데 시간 되시면 사모님하고 다녀오시면 좋을 것 같습니다. 저도 가고 싶은데 하필이면 그날 세미나가 잡혀서 못 갈 것 같아서요."

최석원이 자연스럽게 정장 주머니 안쪽에서 티켓 두 장을 꺼냈다.

그의 손에는 한 장에 20만 원이 넘는 오페라 투란도트 R석 티켓이 들려 있었다.

"아, 아닐세. 가격이 꽤 될 텐데 그런 걸 어떻게 받나."

"아닙니다, 교수님. 걱정하지 않으셔도 됩니다. 어차피 초대권이고 갈 사람이 없어서 버려야 할 상황이었습니다. 그런데 교수님께서 오페라를 좋아하신다고 들은 기억이 있어서 가지고 온 겁니다."

"그래도 투란도트 티켓인데 버리면 안 되지. 그건 대작에 대한 무례야."

"교수님 말씀이 맞습니다. 그냥 버리기에는 너무 아깝죠. 음, 교수님께서 가기 힘드시면 다른 분께 드려도 상관없습니다. 버리는 것보다는 낫죠. 저는 주변에 마땅히 갈 사람이 없어서요."

"음…… 그런가?"

최석원이 집요하게 이야기하자 교수가 마지못해 고개를 끄덕였다. 교수의 눈치를 살피던 최석원이 재빠르게 책상 위에 티켓을 놓고 자리에서 일어났다.

"교수님, 그럼 다음에 또 방문하겠습니다. 엔젤로 잘 부탁드리겠습니다!"

"크흠, 알겠네."

환한 미소와 함께 연구실의 문을 닫은 최석원의 표정이 언제 그랬냐는 듯이 삭막해졌다.

"어차피 받을 거면서 빼기는."

최석원이 다시 정장 안쪽으로 손을 넣었다.

그의 손에 들려 나온 것은 두툼한 흰색의 봉투였다.

봉투 안에는 다양한 종류의 티켓이 빽빽이 들어 있었다.

"그럼, 다음은 송진경 교수한테 가 볼까. 영화 좋아한다고 했지. 그래도 소박하네."

봉투 안에서 프리미엄 영화 관람권 두 장을 빼 다시 안주머니 속에 집어넣었다.

한 달 월급을 고스란히 티켓 사는 데 썼지만, 점유율을 높을 수 있다면 전혀 아깝지 않았다.

제약영업에서 개인 돈을 사용하는 영업은 하수 중의 하수가 사용하는 방법이라고 다들 그러지만, 최석원은 그렇게 생각하지 않았다. 그에게는 실적 또한 돈으로 살 수 있는 물건에 불과했다.

오히려 이런 흔하지 않은 기회에 단순한 콜만 하는 다른

MR이 한심할 뿐이었다.

"이래서 없는 애들은 안 돼요."

최석원이 중얼거리며 연구실 안에서 교수를 만나고 있을 때 느꼈던 진동의 근원지를 확인했다. 부재중 전화가 두 통이 와 있었다. 저장되어 있지 않은 번호였다.

'누구지?'

전화를 걸자 귀에 익은 목소리의 여자가 전화를 받았다. 목소리의 주인을 확인한 최석원이 대뜸 소리를 질렀다.

"야, 너! 왜 전화 안 받아!"

─오빠, 미안해요. 핸드폰이 바뀌어서 못 받았나 봐요.

말과는 다르게 전혀 미안하지 않은 목소리로 여자가 냉랭하게 답했다.

"허. 야, 너 지금 어디야? 아니지. 나 일해야 하니까 네가 이 근처로 와. 이야기 좀 들어 봐야겠다."

자신의 위치를 알려 준 최석원이 신경질적으로 병원을 나섰다.

대학 병원 근처 커피숍에 나타난 여자는 써니힐병원에서 난동을 부렸던 복숭아녀였다.

최석원은 그녀가 앞에 앉자마자 써니힐병원에서의 일을 꼬치꼬치 캐물었다.

"전에 말한 게 전부예요. 저는 시키는 일은 다 했다고요."

그녀가 의심스럽기는 했지만, 고원일의 사진은 거짓일 수가 없었다. 최석원은 이해가 되지 않았다.

자신의 계략이 성공했음에도 강북구 송천동의 피레논 실적은 오히려 큰 폭으로 증가했다.

"다른 일은 없었어? 병원에서 경찰을 부르거나 하지는 않았고?"

"……설마 그럴 거라고 예상하고 저한테 그 일을 시킨 거였어요?"

여자가 두 눈을 치켜떴다.

"아니, 그런 건 아니지만 그럴 수도 있는 상황이니까. 여하튼 이상하네. 네가 그렇게 난동을 부렸으면 처방이 줄거나 최소한 주춤했어야 정상인데 녀석의 실적은 오히려 증가했다니까. 이게 말이 돼?"

복숭아녀가 기가 막힌다는 표정으로 얼버무리며 아무렇지 않게 말하고 있는 최석원을 쳐다봤다. 그녀의 눈 안에 경멸이라는 감정이 들어 있었다.

"처방이니 실적이니 그런 건 전 잘 모르겠고요. 저는 최석원 오빠가 시키는 대로 써니힐병원에 가서 복숭아 알러지를 피레논 약을 먹고 생긴 부작용인 척하면서 시위하고 난동을 부렸고요. 오빠가 시키는 대로 했을 뿐이에요. 결과는 나와 상관없는 이야기예요."

복숭아녀가 또박또박 이야기를 했다.

"……."

"설마 5백만 원이 아까워서 그래요? 참나, 그래요. 그럼 그 돈 돌려줄게요. 이제 됐죠?"

"아니, 내가 돈 때문에 그러는 게 아니고……."

최석원이 미적거리며 대꾸하자 여자는 100만 원권 수표 다섯 장을 꺼내 그의 앞에 놓았다.

"여기 돈 있어요. 그리고 이제 앞으로는 저한테 연락하지 마세요!"

복숭아녀는 최석원이 대답할 틈도 주지 않고 자리를 박차고 일어나 커피숍 밖으로 나갔다.

"어쭈, 센 척하기는. 어디서 돈 좀 번 모양이네. 뭐, 나야 좋지."

그녀의 행동이 어딘가 이상하다는 생각이 잠시 들기는 했지만, 그보다 책상 위에 놓인 수표에 눈이 갔다.

평소 같았으면 그깟 5백만 원 하며 받지도 않았겠지만, 한 달 월급을 고스란히 티켓 사는 데 사용한 직후라 본전 생각이 나는 건 어쩔 수 없었다.

조용히 지갑 속에 흰 종이 다섯 장을 집어넣은 최석원은 아직 반도 마시지 않은 커피를 한 모금 마시고 역시 자리에서 일어났다.

"수영 씨, 고생했어요. 떨렸죠?"

"……아니에요. 술집에서 일하면서 별일을 다 겪어 봤어요. 이 정도는 아무것도 아니에요."

"그래도요. 고생은 고생이죠."

"유빈 씨 말대로였어요. 최석원 그 자식은 제가 경찰서까지 끌려갈 거로 생각하고 일을 시킨 거예요. 제가 물어봤을 때 표정을 보니 확실히 알 수 있었어요. 나쁜 자식!"

최석원과 헤어진 복숭아녀 전수영이 향한 장소에 유빈이 기다리고 있었다.

전수영은 주머니에서 검은 펜을 꺼내 유빈에게 건넸다. 유빈이 펜을 받아 귀에 가져다 대고는 고개를 끄덕였다.

"이 정도면 충분합니다. 힘든 일이었을 텐데 결심해 줘서 고맙습니다."

"이왕 이렇게 된 일, 꼭 엄벌해 주세요. 겉으로는 좋은 사람인 척하지만 속을 알고 보면 쓰레기예요. 돈이면 뭐든지 된다고 생각하는 사람이죠."

"이제 최석원 같은 사람은 상관하지 말고 결심한 대로 수영 씨 인생을 사세요."

"……고맙습니다. 제가 유빈 씨 담당하는 병원에서 그런 난동을 피우고 술집에서 일했다는 사실도 아셨는데 일자리까지 구해 주시고…… 고맙다는 말조차 부끄럽네요."

유빈이 고개를 저었다.

"아닙니다. 병원 일은 수영 씨가 잘못한 일은 맞지만, 당사자인 제가 넘어갔으니 이제 걱정하지 않아도 됩니다. 그리고 술집에서 일했던 과거는 아버지가 남긴 빚을 갚기 위한 어쩔 수 없는 선택이었잖아요."

"……"

유빈의 이야기를 듣던 전수영이 눈을 똑바로 바라보지 못하고 고개를 떨궜다. 눈물 한 방울이 볼을 타고 흘러내렸다.

"일자리도 수영 씨가 면접을 봐서 합격한 거지 저는 단지 알아봐 준 일밖에 없습니다. 그러니까 고마워하지 않아도 됩니다."

유빈의 손사래에도 전수영은 허리를 깊숙이 숙였다.

최석원을 엄벌하기 위한 결정적 한 방을 위해 내키지는 않았지만, 유빈은 전수영에게 연락을 했다.

그리고 그녀에게 부탁하는 과정에서 딱한 사정을 알게 되었다.

돌아가신 아버지가 남긴 빚 때문에 고등학교를 졸업하고부터 어쩔 수 없이 술집에서 일하게 된 그녀는 그러는 와중에 최석원을 알게 된 것이었다.

단골인 최석원과 여러 번 술집에서 만나면서 대화를 주고받았고 복숭아 알러지에 대한 이야기도 그때 한 것이었다.

돈에 눈이 멀어 최석원의 제안을 받아들였지만, 그녀가 한 일이 범죄가 될 수 있다는 것을 유빈은 깨우쳐 줬다. 그녀는 이렇게까지 타락한 자신의 모습을 자책하며 눈물을 쏟아 냈다.

술집에서 오래 일하다 보니 전수영은 남자들의 거짓말을 바로 알 수 있었다. 예전에도 도와주겠다고 말한 남자들이 있었지만, 그들은 결국 대가를 원했다.

하지만 유빈의 눈은 진실했다.

그녀에게 원하는 것이 있기는 했다. 하지만 그것과는 별개로 전수영을 진심으로 돕고 싶어 했다.

그녀도 지금의 자신의 삶에서 벗어나고 싶었다.

악착같이 일해 빚은 거의 다 갚았지만, 그녀는 하루하루를 죄책감으로 우울하게 보냈다. 자신이 보통 사람들과 정상적으로 살 수 있을까 하는 두려움이 항상 존재했다.

그런 마음이 제대로 된 일자리를 구하는 데 번번이 실패하게 만들었고 어쩔 수 없이 다시 술집에서 일하기를 반복하고 있었다.

그녀가 원하는 것은 소박했다.

술집에서 일할 때만큼 돈을 많이 벌지 못해도 남들처럼 아침부터 여덟 시간씩 일하며 월급을 받고 사는 삶이 그녀가 원하는 것이었다.

"그건 수영 씨 잘못이 아니에요."

유빈의 포근한 오라가 그녀의 마음을 감쌌다.

위로와 함께 눈물이 멈추기를 기다린 유빈이 어디론가 전화를 걸었다.

유빈은 병원 사무장을 비롯한 자신이 알고 있는 모든 인맥을 동원해 전수영이 일할 만한 일자리를 찾았다.

눈물을 멈춘 전수영은 유빈이 자신을 위해 일자리를 찾는 전화를 계속하자 형용할 수 없는 눈빛으로 그를 바라봤다.

일자리를 찾기가 쉽지는 않았지만 계속된 통화 끝에 연결된 곳이 까데기를 했던 경기도 광주의 삼동냉장이었다.

입출고 관련 전산 업무를 해 줄 여직원을 구한다는 이야기에 유빈은 전수영을 추천했다.

마침 그녀도 상고 출신이어서 자격은 충분했다.

삼동냉장에서 유빈의 존재는 이미 전설이 되어 있었다. 계속 냉동 창고에서 일하고 있는 김 반장과 만수 형의 작품이었다. 비록 까데기 하던 현장직에 불과했지만 그의 부탁은 상당한 힘을 발휘했다.

삼동냉장에서 면접 보러 오라는 답변을 들은 유빈이 전수영을 향해 웃었다.

"수영 씨, 제가 한 가지 조언을 드리자면 화장을 조금 더 연하게 하세요."

"네? 아…… 알겠어요."

그녀는 술집에 나갈 때보다 연하게 화장을 했지만 보통 사람이 보기에는 풀메이크업이나 다름없었다.

냉동 창고에서 일하기에는 과했다. 유빈은 그녀가 면접에 붙을 수 있도록 꼼꼼하게 조언을 해 줬다.

그런 유빈을 전수영이 신기한 표정으로 쳐다보았다.

"다 잘될 겁니다. 중요한 건 수영 씨의 의지입니다."

"……네. 유빈 씨가 무엇 때문에 저를 도와주는지 알아요. 원하는 게 있다는 것도 알고요."

유빈이 순순히 고개를 끄덕였다.

"……맞습니다. 그렇지만 전수영 씨가 내키지 않는다면……."

"고마워요. 유빈 씨. 저도 이제는 사람이 진심인지 아닌지 정도는 알 것 같아요. 제가 도와줄게요."

"……고맙습니다."

유빈의 조언을 명심한 전수영은 삼동냉장에 면접을 보고 바로 취업이 되었다.

"유빈 씨, 그런 전 이만 가 볼게요. 오늘부터 광주에 원룸 알아보러 다니려고요."

임무(?)를 완수한 전수영이 다시 깊숙이 고개를 숙였다. 그녀의 표정이 어딘가 홀가분해 보였다.

"네. 수영 씨, 행복하게 사세요. 제 도움이 필요하면 언제든지 연락 주시고요."

전수영이 살짝 얼굴이 붉어진 채로 머뭇거리며 인사를 했다.

"요즘 세상에는 착한 사람이 손해라고 하는데 유빈 씨는 착하면서도 손해 보는 사람은 아닌 것 같아요. 그리고…… 마음이 없는 여자한테 너무 잘해 주지 마세요. 오해할 수 있으니까요. 잘 지내요, 유빈 씨. 고마워요."

그녀가 시야에서 사라지자 유빈은 전수영이 건네준 녹음기와 고원일이 찍은 사진을 함께 챙겼다.

최석원은 뜻밖에 생긴 공돈으로 계획했던 것보다 더 많은 의사에게 줄 선물을 샀다.

이 정도라면 백서제약이 가지고 있던 점유율을 빼앗아 오는 데 가속도가 붙을 게 분명했다.

병원으로 들어가려고 하는데 그의 전화기가 품속에서 요동을 쳤다. 액정을 확인해 보니 회사에서 온 전화였다.

"제네스 코리아, 최석원입니다."

그는 평소처럼 젠틀하고 예의 바른 목소리로 전화를 받았다.

─최석원 씨? 안녕하세요. EBP(Ethical Behavior Practice, 윤리경영) 부서 공현경 차장입니다.

"EBP 부서요?"

깜짝 놀란 최석원이 번호를 다시 확인했다. 분명히 회사 번호가 맞았다.

EBP 부서라면 MR의 영업 활동 또는 마케팅 부서의 기획을 큰 범위에서는 의료법과 공정경쟁규약 그리고 작은 범위에서는 회사 윤리강령에 어긋나지 않는지 감독하고 확인하는 부서였다.

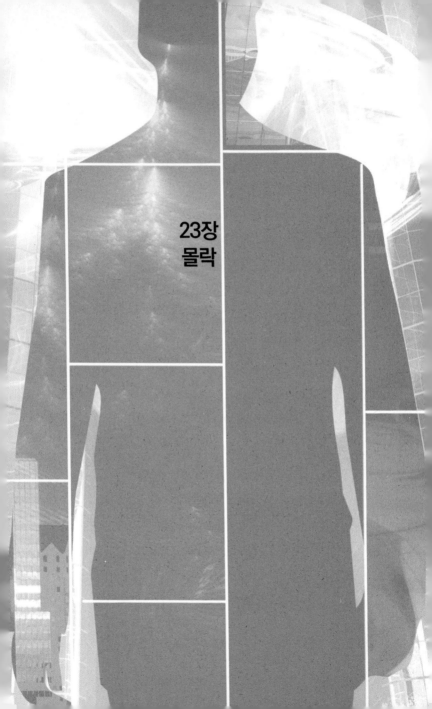

23장
몰락

그런 부서에서 사원인 자신에게 직접 전화를 할 일은 거의 없었다. 불길한 예감이 엄습했다.

-네, 맞습니다.

전화기 너머에서 전해 오는 목소리가 차가웠다.

"······그런데 무슨 일이신가요?"

-최석원 씨에 대한 투서가 접수되었습니다. 저번 달에 결제하셨던 강남구 의사회와 분당구 의사회 세미나의 일 인당 식사 금액이 5만 원을 초과했다는 내용입니다.

복잡했던 머리가 하얘졌다가 다시 복잡해졌다.

'투서라고? 누구지? 어떤 새끼가····· 그래, 박다혜 그년일 거야. 강남구 의사회 때 캐묻는 모습이 마음에 걸려서 분당구 의사회 때는 안 불렀는데……. 아니야. 박다혜가 바보가 아닌 이상 투서를 썼을 리가 없지. 같은 여성건강사업부인데 자기 얼굴에 침 뱉는 일을 할 리가 없잖아.'

─여보세요? 최석원 씨?

"아, 네, 네."

─이번 주 금요일 열 시에 회사로 들어오셔서 관련 건에 관하여 소명하기 바랍니다. 여성건강사업부 강남1팀 지점장님도 같은 이유로 전화 드렸으니 같이 오시면 될 겁니다.

"……알겠습니다."

전화를 끊은 최석원은 한동안 움직일 생각을 못 했다.

입사하고 난 후로 한 번도 흠이 잡힌 적이 없었다.

그만큼 회사 내에서 그의 이미지는 완벽했다.

그가 지금껏 회사에서 쌓아 온 모래성이 위태롭게 흔들리고 있었다.

최상렬은 이른 아침부터 서재에서 전화를 받고 있었다.

─부사장님, 아무래도 징계는 피하기 힘들 것 같습니다."

"음……."

최상렬 부사장이 한 손으로 턱을 괴었다. 어려운 결정을 해야 할 때면 나오는 버릇이었다.

─올라온 투서가 한둘이 아니고 증거도 명백합니다. EBP 부서에서도 비공식적으로 감찰을 진행했는데 아드님, 아, 아니 최석원 씨가 개인적으로 리베이트를 한 정황도 포착했다고 합니다.

"……알겠네."

최상렬은 한참 뒤에야 답을 했다.

전화로 EBP 부서 김 과장의 보고를 들으며 그는 깊은 생각에 잠겼다.

"인사위원회는 그냥 진행하도록 놔두게."

─알겠습니다. 제 선에서 어떻게든 무마해 보려 했는데 공 차장이 직접 지휘한 일이라…… 죄송합니다.

"자네는 더 끼어들지 말고 인사위원회가 순조롭게 진행될 수 있도록 하게."

─네? 순조롭게요?

"그래. 순조롭게."

─아, 알겠습니다.

최상렬은 어리둥절한 목소리로 대답하는 김 과장의 전화를 끊었다.

"아버지…… 잘 말씀해 주세요."

아침 식사를 마친 최석원이 떨어지지 않는 입으로 조심스럽게 말했다.

최석원은 EBP 부서에서 최대한 소명을 했지만 결국 인사위원회가 열리는 것은 피할 수 없게 되었다.

영수증은 문제가 없도록 5만 원으로 조작해 끊었고 뒤늦게나마 식당 주인과는 말을 맞춰 놓았지만, 일 인당 식사 금액을 줄이기 위해 의사 숫자를 뻥튀기한 것이 결정적이었다.

EBP 부서에서 세미나 명단에 적혀 있는 의사에게 일일이 전화를 했다. 그 결과 적혀 있는 사람 중 절반이 참석자가 아님이 확인되었다.

징계 사실과 사유가 소문이 나면 회사 내에서 그의 평판은 곤두박질칠 게 분명했다. 하지만 그렇다 해도 일단은 살아남는 게 중요했다.

징계는 결정되었지만, 징계 수위는 아직 알 수 없었다.

징계 수위는 오늘 열릴 인사위원회에서 결정될 참이었다. 그리고 부사장인 최상렬은 공교롭게도 인사위원회의 의장이었다.

최상렬은 아들의 얼굴을 쳐다보지도 않고 답했다.

"……알았다. 외부에서 걸린 게 아니고 내부에서 터진 문제이니 감봉 정도로 끝날 가능성이 크다. 너무 걱정하지 마라. 단지, 위원회 앞에서는 무조건 잘못했다고 해라."

화를 낼 줄 알았던 최상렬이 담담히 이야기하자 최석원은 안도의 한숨을 내쉬었다. 아직 아버지가 자신을 버리지 않았다는 안도감이었다.

최상렬은 생각해 둔 바가 있었지만, 그럼에도 불구하고 아들이 징계 대상이라는 사실과 자신이 징계를 결정하는 위원회의 의장이라는 사실이 아무리 생각해도 어이가 없었다.

투서를 넣은 놈이 누구인지는 몰라도 부자를 제대로 엿 먹이고 있었다. 아들에 대한 걱정보다도 간접적으로 자신까지 걸고넘어진 범인에 대한 분노가 차가운 그의 이성을 흔들어 놓았다.

"최석원 사원. 보고 서류 조작 및 윤리강령 위반 사실을 인정합니까?

"네, 죄송합니다. 잘못했습니다."

최석원은 질문이 끝나자마자 한 치의 망설임도 없이 잘못을 인정했다. 누가 봐도 반성하는 표정이었다.

"박성강 지점장. 부하 직원의 잘못을 알고도 묵인한 사실과 규정에 맞지 않게 법인카드를 사용한 사실을 인정합니까?"

"네, 인정합니다."

무거운 분위기 속에서 인사위원회가 진행되었다.

징계를 결정하기에 앞서 당사자들에게 규정 위반을 확인하는 순서였다.

최상렬은 위원회의 가운데 자리에서 눈을 감은 채 질의와 답변을 듣고 있었다.

다른 위원들이 보기에 이미 마음을 비운 사람처럼 보였다. 지금의 상황이 안타깝기는 했지만, 잘못은 잘못이었다.

"그럼 박성강 지점장은 퇴실해 주시기 바랍니다. 최석원 씨는 남아 주세요."

EBP 공현경 차장의 발언에 최상렬이 감고 있던 눈을 떴다.

"EBP 자체 감찰 결과 최석원 사원이 개인 돈으로 리베이트를 했다는 사실이 드러났습니다. 최석원 사원. 대학 병원 교수에게 처방 대가로 고가의 콘서트, 영화 티켓을 줬죠?"

공현경 차장의 질문에 회의실 안의 분위기가 얼어붙었다. 위원회에 올라온 징계 건은 세미나에 대한 것뿐이었다.

지금 공현경 차장의 입에서 나온 말은 조금 전에 인정한 위반 사항과는 비교도 되지 않는 질문이었다.

만약 사실로 확인되고 외부로 알려진다면 회사 전체가 흔들릴 수도 있는 중대한 문제였다.

"……."

고개를 숙이고 있는 최석원의 표정이 꿈틀거렸다.

그 역시 예상하지 못한 내용이었다.

'어떻게 알았지?'

세미나 건에만 관련된 인사위원회로 알고 있었던 최석원의 머리가 복잡해졌다.

그와 대조적으로 최상렬의 표정에는 변화가 없었다.

누군가의 침 넘어가는 소리가 조용한 회의실을 울렸다.

"강남 모 대학 병원 교수님께서 회사 대표 전화로 연락해 사실을 밝히고 받은 티켓을 우편으로 보내 왔습니다. 다시 한 번 묻겠습니다. 처방 대가를 제공한 사실을 인정합니까?"

"……처방 대가는 아닙니다. 개인적인 친분으로 공짜로 얻은 티켓을 줬을 뿐입니다."

"개인적 용도의 물건으로 판단되는 것은 어떤 경우에도 제공해서는 안 됩니다. 그리고 감사 결과, 한 사람에게만 제공한 것도 아니었습니다."

"……제가 규정을 제대로 숙지하지 못했나 봅니다. 죄송합니다."

교수가 티켓을 돌려보냈다는 데 할 말이 있을 수 없었다. 최석원은 그저 사과 모드로 일관했다.

지금은 이게 최선이었다.

"최석원 사원에 대해서는 또 다른 투서가 들어왔습니다. 정말 끝이 없군요."

공현경 차장이 탓하는 듯한 눈초리로 최석원과 최상렬 부사장을 동시에 쳐다봤다.

최석원에 대한 동정심을 가지고 있고 최상렬에게 우호적이었던 위원들마저 고개를 저었다.

"동료 직원의 업무 방해와 감시에 대한 내용입니다. 큼, 제 입으로 말하기가 부끄럽군요."

그녀의 말에 잘 버티던 최석원의 몸이 눈에 띌 정도로 떨렸다.

"최석원 사원은 여성건강사업부 강북구 담당자의 실적을 떨어뜨리기 위해 지인을 시켜 강북구에 있는 써니힐병원에서 난동을 부리게 시켰습니다. 또한, 동일 담당자에게 흥신소 직원을 붙여 일거수일투족을 감시하게 했습니다. 인정합니까?"

"……누가 그럽니까? 저, 저는 그런 적 없습니다."

그녀의 말이 사실이라면 회사 규정을 떠나 최석원의 인격을 의심할 수밖에 없는 행동이었다.

그걸 알기에 최석원은 본능적으로 부인하고 있었다.

"그런 적이 없다고요? 사실관계를 정확히 말씀해 주세요."

"어, 없습니다. 어떤 사람이 그런 말도 안 되는 투서를 넣었는지 모르겠지만, 저, 전부 사실이 아닙니다."

누가 봐도 당황한 모습이 역력해 보였다.

역시 인사위원회 소속의 장결희 본부장이 고개를 저었다.

눈앞의 젊은이가 3년간 알아 왔던 그 최석원으로 보이지 않았다.

호사다마라더니, 잘나가던 여성건강사업부가 암초를 만난 셈이었다.

최석원이 수석으로 입사했을 때, 잠깐이지만 회사 내에서 돌던 소문이 있었다.

제네스 고시에서 83점이라는 놀라운 점수로 신기록을 세운 그가 아버지인 최상렬 부사장으로부터 출제 문제를 미리 받았다는 소문이었다.

빼어난 실적을 내면서 소문은 가라앉았지만, 장결희 본부장은 어쩌면 그 소문이 사실이었는지도 모른다는 생각이 지금 최석원의 모습을 보며 불현듯 떠올랐다.

그리고 최석원이 만들어 낸 실적마저도 온전히 그의 것이 아닌 것 같다는 생각마저 들었다.

최석원의 답변에 공현경 차장이 옆에 있던 종이 상자 안에서 물건을 꺼냈다.

그리고 꺼낸 물 중 검은 펜의 윗부분을 꾹 눌렀다.

[처방이니 실적이니 그런 건 전 잘 모르겠고요. 저는 최석원 오빠가 시키는 대로 써니힐병원에 가서 복숭아 알러지를 피레논 약을

먹고 생긴 부작용인 척하면서 시위하고 난동을 부렸고요. 오빠가
시키는 대로 했을 뿐이에요. 결과는 나와 상관없는 이야기예요.]

[……]

[설마 5백만 원이 아까워서 그래요? 참나, 그래요. 그럼 그 돈 돌
려줄게요. 이제 됐죠?]

[아니, 내가 돈 때문에 그러는 게 아니고…….]

녹음기에서 흘러나온 목소리에 회의실 안이 고요해졌다.
녹음된 소리였지만, 분명히 최석원의 목소리였다.

"그리고 이건 최석원 사원이 흥신소 직원을 고용해 당시의
사건을 찍은 사진입니다."

EBP 부서 공현경 차장이 위원들에게 사진을 돌렸다.

위원들은 사진을 보며 눈살을 찌푸렸다.

하지만 최상렬은 사진을 보지도 않고 옆 사람에게 넘겼다.

"최석원 씨, 다시 대답해 보십시오. 투서의 내용이 사실임
을 인정합니까?"

최석원은 최상렬의 눈빛을 갈구했지만, 돌아오는 건 아무
것도 없었다. 최석원이 갈증이 나는 듯이 텁텁한 목소리로
작게 답했다.

"……잘못했습니다. 제가 한 일이 맞습니다……."

유일한 희망이었던 아버지의 외면에 최석원은 다시 인정

할 수밖에 없었다.

"어허……."

"쯧……."

"어찌 저런……."

최석원의 대답에 회의실 안이 웅성거렸다. 치부가 하나씩 드러날 때마다 위원들의 인상도 찌푸려졌다. 하지만 혀를 차면서도 최상렬 부사장의 눈치를 살피게 되는 건 어쩔 수 없었다.

아무리 회사 일이라지만 최석원은 최상렬의 아들이었다. 그리고 그 사실을 모르는 사람은 없었다.

"만약 외부에서 이 사건이 터졌다면 제네스 코리아의 명성에 큰 타격을 받았을 만한 일입니다. 저도 사실이라고 믿고 싶지 않았는데 사실임이 확인되었군요. 최석원 사원은 잠시 나가 계십시오."

고개를 푹 숙인 최석원이 힘없는 발걸음으로 회의실을 나갔다.

그가 할 수 있는 일은 더는 없었다. 하지만 아버지가 있는 한 최악의 징계는 아닐 것이라 믿었다.

최석원을 바라보며 최상렬 부사장 라인의 사람들조차 고개를 저었다. 편을 들어 주기에는 증거가 너무 확실했다.

한 사람을 제외하고는 모두 외통수라고 생각했다.

신속하게 박성강 지점장의 징계가 감봉 3개월로 결정되었다. 그리고 최석원의 차례가 되었다.

"그럼 위원님들께서는 징계 수위에 대하여 의견을 개진해 주시기 바랍니다."

진행자 역할인 공현경 차장이 위원들을 둘러봤지만, 먼저 선뜻 나서는 사람이 없었다.

"아무도 말씀을 안 하시니 부덕한 아버지이자 인사위원회의 위원장으로 먼저 의견을 내겠습니다."

최상렬이 무거운 목소리로 입을 열었다. 모든 사람의 시선이 그에게 향했다.

"크흠, 최석원 사원이 저지른 잘못은 회사의 명예뿐만 아니라 존치를 흔들 수 있는 중대한 사안입니다. 저는 위원장으로서 당연히 징계해고 의견을 내는 바입니다."

회의실이 크게 술렁거렸다.

최상렬 부사장은 다른 누구도 아닌 자기 아들을 징계하는데도 공정성에 대해 말하고 있었다.

그가 주장하는 징계해고는 징계 중 가장 강한 것이었다.

아버지로서 속으로는 마음이 얼마나 쓰리겠냐는 생각이 드는 게 당연했다. 동시에 회사의 부사장으로서 공정한 모습을 보이는 최상렬 부사장을 보며 몇몇 위원이 고개를 끄덕였다.

박용신 전무도 최상렬 부사장의 대응을 예상 못 했는지 침묵을 유지했다.

인사위원회를 구성할 때, 박용신 전무는 최상렬을 배제할 수 있었다.

규정상 최상렬과 최석원의 회사 내 관계는 부사장과 사원이다. 하지만 상식적으로 아들의 징계를 논의하는데 아버지가 위원장이라면 문제가 된다.

그럼에도 불구하고 최상렬을 위원회에 포함한 이유는 간단했다.

세상에 어떤 아버지가 아들을 버리겠는가.

박용신 전무는 최상렬이 아들을 구명하기 위해 무리수를 던지길 바랐기 때문이었다.

최상렬이 뜻대로만 움직여 준다면 그의 도덕성에 커다란 흠집을 낼 수 있을 것이다. 또한 최상렬까지 날려 버릴 수 있는 단초가 만들어지는 셈이다.

하지만 최상렬은 오히려 초강수를 두었다.

냉혈한으로 알고는 있었지만 자기 아들조차도 내칠 정도라고는 미처 생각하지 못했다.

위원회의 분위기가 최상렬 부사장을 안타까워하는 방향으로 흐르고 있었다.

"최석원 사원의 잘못은 분명합니다. 잘못은 잘못이죠. 징계해고는 반드시 해야 합니다. 하지만 사업부를 책임지고 부하 직원을 관리해야 할 부서의 장도 책임에서 벗어날 수 없는 것 같습니다."

최상렬이 무거운 표정으로 자신의 말을 이었다.

그의 시선이 박용신 전무에서 장결희 본부장으로 향했다.

그의 말에 동조하는 분위기가 순식간에 조성되었다.

부하 직원은 징계해고하면서 관리 감독의 책임이 있는 부서의 장은 아무런 불이익을 받지 않는 것은 말이 나올 수 있었다.

장결희 본부장의 안색이 하얘졌다.

불똥이 자신한테까지 튈 거라고는 미처 생각하지 못한 바였다.

이대로 최석원이 징계해고된다면 장결희 본부장은 여성건강사업부의 책임자로서 역시 징계를 받아야 할지 몰랐다.

장결희 본부장은 아직 한쪽 편에 서 있지 않은 중도파였다. 그리고 박용신 전무가 같은 편으로 만들려고 하는 1순위였다.

최석원의 징계해고는 리더십의 문제로 비칠 수 있는 사건이었다. 여기서 장 본부장을 잃을 수는 없었다.

"제 의견을 말씀드리겠습니다. 최석원 사원의 잘못은 마땅히 징계해고 감이지만, 그가 3년 동안 회사에 이바지한 점을 고려해서 권고사직하는 방향으로 마무리 지었으면 좋겠습니다. 물론 최석원 사원이 받아들이겠다는 전제하에 말씀드린 의견입니다."

조용한 가운데 박용신 전무가 다급하게 의견을 개진했다.

징계해고와 권고사직은 둘 다 회사를 그만두는 것은 같지만, 명예와 이력으로 보면 하늘과 땅 차이였다.

그의 발언에 의원들은 의외라는 표정이 되었다. 최상렬 부사장과 대척점에 서 있는 박용신 전무라면 강경하게 징계해고를 주장할 것이라 예상하였기 때문이었다.

두 사람 말고는 더 의견을 내는 사람은 없었다. 이미 판단의 추는 기울어져 있었다.

"그럼 더 의견이 없으시면 투표로 진행하겠습니다. 위원님들께서는 각자 의견을 말씀해 주십시오."

투표 결과는 최상렬을 제외하면 만장일치로 권고사직이었다.

최상렬의 발언은 결과적으로 자신의 공정성을 확보한 동시에 아들의 징계해고도 막은 셈이 되었다.

위원들은 굳이 부사장과 척을 질 생각이 없었다. 게다가 박용신 전무도 권고사직 의견을 냈으니 더 생각할 필요가 없는 문제였다.

징계해고의 경우에는 회사 게시판에 공지해야 하지만 권

고사직으로 합의하고 퇴사하는 경우에는 개인적인 이유로 처리할 수 있었다.

"제가 부덕한 탓에 아들을 잘못 키웠습니다. 의원님들께 정말 부끄럽군요. 아들에게는 잘 말해서 사직서를 쓰도록 하겠습니다."

"아닙니다. 부사장님이 힘드시겠지요."

인사위원회가 파하자 위원들이 오히려 최상렬에게 위로의 말을 건넸다. 위원회가 시작하기 전의 분위기와는 딴판이었다.

그나마 다행이었다.

수석으로 입사해 2년 동안 베스트 MR 자리를 지켜 온 사람치고는 초라한 퇴장이었지만 다행히 최악의 결과까지는 아니었다.

아버지 말대로 몇 년 유학을 떠났다가 다시 복귀하면 된다.

얼마든지 재기할 자신이 있었다.

징계해고라면 다시는 이 업계에 발을 붙일 수 없지만, 권고사직은 가능하기 때문이다.

최석원은 아버지도 할 만큼 했다고 여겼다. 또한, 역시 아버지가 없었으면 어땠을까 하는 생각이 들었다. 생각만 해도 최악이었다.

아버지에 대한 감정과는 달리 일을 이렇게 만든 김유빈에게 참을 수 없을 만큼 분노가 치밀었다.

'언젠가 다시 돌아오면 절대 가만두지 않겠다.'

최석원은 커다란 박스에 개인 물품을 챙겨 지하 주차장으로 내려갔다.

김유빈을 찾아가 한바탕 욕이라도 하고 싶었지만, 지금은 조용히 사라지듯 나가는 게 나았다.

삐빅!

최석원이 주차된 차 트렁크에 박스를 집어넣고 다시 고개를 들었다.

"최석원 씨."

어느샌가 나타났는지 최석원의 눈앞에 한 사람이 보였다. 씹어 먹어도 시원치 않을 그놈이었다.

"야, 김유빈! 이 개XX야! 네가 투서 넣었지?"

눈이 돌아간 최석원이 유빈의 멱살을 잡았다. 하지만 멱살을 잡으려는 시도는 유빈이 점잖게 한 발짝 뒤로 물러남으로써 성공하지 못했다.

"좀 진정하시죠?"

"이 개XX야! 내가 지금 진정하게 생겼어?"

최석원이 다시 성큼 발을 내디디며 이번엔 주먹을 뒤로 크게 당겼다. 이미 회사에서 나가게 된 마당에 거리낄 게 없었다.

팍!

하지만 최석원의 주먹은 유빈의 손아귀에 잡혀 갈피를 못 잡고 있었다. 아무리 용을 쓰고 애써 봐도 유빈의 악력에 최석원은 꼼짝을 못했다.

"으윽, 이 새끼, 이거 안 놔!"

"충고 하나 하죠."

"네까짓 게 무슨 충고야?"

"당신이 다른 사람에게 한 짓은 결국 당신에게 고스란히 돌아가게 됩니다. 반성하지 않으면 이번 권고사직은 시작에 불과할 겁니다."

유빈은 최석원에게 알려 주고 싶었다. 그가 쉽게 반성할 거라고는 생각지 않았다. 그래도 이 말은 꼭 해주고 싶었다.

주먹에서 느껴지는 심한 통증에 최석원은 대꾸를 못 하고 찌푸려진 인상을 펴기에 바빴다.

이마에서 흘러내리는 땀이 얼굴을 간지럽혔지만, 닦아낼 여유도 없었다.

손에서 전해지는 통증과 굴욕에 최석원의 정신은 좌절감과 분노로 몽롱할 정도였다.

그러길 잠시 유빈은 최석원의 눈을 응시했다가 최석원의 손을 놓아 주었다.

그러곤 몸을 돌려 엘리베이터로 향했다.

최석원이 반탄력을 이기지 못하고 비틀거리다 넘어졌다. 땅바닥에 주저앉은 최석원이 악에 차 고래고래 고함을 질렀다.

"반성? 반성 같은 소리 하네! 언젠가 다시 돌아올 거야! 다시 돌아오면 너부터 조질 거야! 알아들어? 이 개XX야!"

탁.

잠시 발걸음을 멈춘 유빈이 몸을 돌렸다. 아까 전까지와 달리 그의 눈빛이 차갑게 가라앉아 있었다. 마치 사냥을 마친 맹수가 먹잇감을 어떻게 할까 고민하는 눈빛 같았다.

꿀꺽.

기세에 질린 최석원이 입을 다물었다.

"아니, 그럴 일도 없겠지만, 만약 네가 돌아온다고 해도 그렇게 못 할 거야."

"……."

"난 제네스 글로벌 CEO가 될 거니까."

"……뭐?"

뜬금없는 유빈의 말에 최석원은 황당했지만, 감히 비웃지 못했다.

유빈의 얼굴은 진지했다. 그의 말에서 어떤 울림이 느껴졌다.

강한 믿음에서 나오는 울림이었다.

비웃고 싶었지만, 마음속 어딘가에서 김유빈이라면 가능할지도 모른다는 생각이 삐져나왔다.

아무리 부정하려 해도 어쩔 수 없었다.

아이러니하게도 파파라치를 통해 유빈의 영업 방식을 제대로 알고 있는 사람이 바로 최석원이었다.

이 녀석은 그릇이 다르구나.

제네스 코리아 사장직만 바라봐 왔던 최상렬과 그런 아버지 뒤만 쫓았던 자신과는 격이 달랐다.

패배라는 두 글자가 최석원의 가슴을 후벼 팠다. 온몸에 꽉 들어가 있던 힘과 악이 바람 빠진 풍선처럼 쪼그라들었다.

조금 전까지만 해도 졌다는 기분이 들지 않았지만, 지금은 어떻게 해도 평생 못 이길 것 같았다.

그 상대가 바로 눈앞에 있었다.

유빈이 최석원에게 다가와 작게 말했다.

"한 가지만 더 이야기해 주지. 인사위원회에서 징계해고를 가장 강하게 주장한 사람이 누굴 것 같아?"

"그게 무슨 소리야?"

"바로 네 아버지, 최상렬 부사장이야. 자신의 성공을 위해 아들을 버린 사람이 네 아버지라고."

최석원이 동공이 커다랗게 확장되었다.

"그럴 리가!"

"가서 네 아버지에게 전해. 아들까지 쳐내면서 그 자리 유지한 거, 과연 언제까지 그럴 수 있을지 지켜보겠다고. 다시한 번 치사한 수를 쓰면 가만히 두지 않겠다고."

유빈은 그 말을 끝으로 지하 주차장을 빠져나왔다.

"으아아악!"

쿵! 쾅!

홀로 남겨진 최석원이 자기 차를 내려치는 소리가 들려왔지만, 유빈은 아랑곳하지 않았다. 적어도 최석원과의 악연은 여기서 끝이었다.

뒤에 최석원이 울면서 부사장실에서 난동을 피웠다는 소문이 돌았지만 금세 사그라졌다.

최석원은 유학을 결정해 급하게 인사도 못 하고 퇴사했다고 공식적으로 알려졌다.

상황이 이상하다고 여긴 사람도 있었지만, 사원 한 명이 퇴사했다고 변한 것은 없었다. 회사는 아무 일 없다는 듯이 돌아갔고 4분기도 마무리되고 있었다.

별일 없이 연말이 조용히 지나갔다.

제약회사는 여름에 일주일 그리고 12월 연말에 일주일씩 휴가를 쓸 수 있지만, 유빈은 쉬지 않고 꾸준히 병원에 다니며 의사를 만났다.

그러는 동안 그랜드 미팅이 열렸다. 천 명 정도 되는 제네스 코리아 전 직원이 한자리에 모이는 큰 모임이었다.

한국 정부의 약가 인하 정책에도 불구하고 제네스 코리아의 전체 매출은 전년도 대비 8% 증가하는 기염을 토했다.

그중에서도 여성건강사업부는 17%의 놀라운 실적 상승을 보여 베스트 사업부로 선정되었다.

게다가 작년은 제네스 코리아가 처음으로 매출 2조 원을 돌파했기 때문에 그랜드 미팅이 해외에서 열릴 거라는 기대감이 직원들 사이에 돌았다.

실제로 행사 장소가 싱가폴로 예정되었지만, 무슨 이유에서인지 연말에 열린 임원회의에서 국내로 급선회하게 되었다.

결정된 장소는 곤지암에 있는 도척 리조트였다. 서울 근교로 스키장과 자연숲이 유명한 리조트였다. 하지만 싱가폴을 기대하던 직원들의 실망은 어쩔 수 없었다.

임원회의에서 어떤 이야기가 있었는지에 대한 설왕설래가

있었지만, 자세한 내막을 아는 사람은 거의 없었다.

"좋은데요."

유빈이 숲을 둘러보며 감탄했다.

인위적으로 숲을 조성하기는 했지만, 최대한 보존한 채로 산책길이 깔려 있었다.

충만한 자연의 기가 유빈을 감쌌다.

벌써 저녁에 다시 와 수련할 생각에 설레는 기분이 들었다.

"면목 없네. 자네가 건네준 증거라면 최석원은 물론이고 부사장에게도 제대로 타격을 줄 수 있었는데……."

"아닙니다, 전무님. 최석원은 자신이 저지른 일에 대한 대가를 충분히 치렀다고 생각합니다."

내막을 아는 두 남자가 도척 리조트가 자랑하는 경덕 숲을 거닐며 대화를 나눴다.

마케팅 부서를 비롯한 임원진은 이미 리조트에 도착해 있었고 유빈은 특별히 전무의 요청으로 다른 영업팀보다 하루 먼저 도착한 것이었다.

증거를 건네주면서 유빈이 타깃으로 삼은 사람은 최상렬이 아닌 최석원이었다.

첼시 사장과 박용신 전무에게는 최석원의 존재가 별문제가 안 되었겠지만, 유빈에게는 달랐다.

최석원은 계속 회사에 다녔다면 어떤 지뢰가 될지 모르는 존재였다.

게다가 증거를 남기는 최석원과 달리 최상렬은 철저했다. 어떤 일이든 꼬리만 자르면 빠져나갈 수 있게 일을 처리했다.

"그런 인간이라면 시원하게 징계해고라도 해야 했는데, 권고사직이 뭔가, 권고사직이."

자기가 주장을 하기는 했지만, 아직도 분이 안 풀린 듯이 박전무가 중얼거렸다.

"징계해고와 권고사직을 떠나 회사를 타의로 그만뒀다는 사실만으로 그는 큰 충격을 받았을 겁니다. 아마 그의 인생에서 처음으로 맛본 처절한 실패겠죠."

유빈이 전무의 말에 담담히 답했다.

"음, 하지만 최상렬 부사장이 가만히 있지는 않을 걸세. 투서의 배후에 우리가 있다는 걸 알고 있을 거야."

"상관없습니다. 어차피 최상렬 부사장과는 부딪혀야 할 사이입니다."

"그런데 최석원이 정말 여성건강사업부 축소에 관해 이야기했나? 그게 최상렬의 의중이라고?"

유빈이 첼시 사장과 박 전무에게 보고한 내용이었다.

"네. 그렇게 생각합니다. 최상렬이 사장이 되기 위해 본사에 어필 하려면 비용 효율적인 측면을 강조해야 할 겁니다.

그런 의미에서 여성건강사업부의 축소는 그의 입장에서 신의 한 수겠죠."

"설마 거기까지 생각하고 최석원의 일로 장결희 본부장까지 같이 처리하려 한 건가."

뭔가 퍼즐이 맞춰지는 느낌이었다.

본부장이 순식간에 사라진다면 여성건강사업부의 리더십이 한동안 부재일 수밖에 없었다.

"하지만 아무리 여성건강사업부가 매출이 적다고 해도 시장 점유율 1위를 달리고 있고 올해는 17% 성장을 했는데 그게 가능할 거라고 생각이 들지는 않네."

"성장률이 높다고는 해도 제네스 전체 매출로 따지면 개별 사업부서치고는 매출이 많이 부족합니다. 올해 2조 매출 중 여성건강사업부가 차지하는 매출은 3,000억 원 정도입니다. 사업부 규모로 봤을 때 항암사업부나 전문의약품 사업부와 비교해 MR 일 인당 매출이 턱없이 낮습니다."

"으음⋯⋯."

박전무가 입을 다물었다. 유빈의 말은 곧이곧대로 사실이었다.

여성건강사업부, 동물의약품사업부, 일반의약품 사업부의 매출을 합쳐도 5,000억 원 수준이었다.

"인정하기 싫은 현실이지만 출산율 저하로 산부인과의 상황이 점점 열악해지는 것도 현실입니다. 산부인과 전공의도 지원자가 없어 미달이라고 하지 않습니까. 게다가 사업부 매출의 큰 비중을 차지하는 피임약을 복용하는 한국 여성의 비율이 3%를 못 넘고 있는 것도 이유 중 하나일 겁니다."

유빈의 날카로운 분석에 전무가 고개를 끄덕였다.

이제는 유빈의 이런 모습에 익숙해지고 있었다.

"마의 3%지. 1%라도 증가시켜 보려고 십 년 넘게 수많은 캠페인을 벌였지만 다 허사였네. 으음, 이번에 자네가 복용률을 높이는 데 실패한다면 부사장에게 힘이 실릴 걸세. 그리고 본사에서도 시장 확대는 불가능하다고 판단하겠지."

"그러면 첼시 사장님의 자리도 위태해지겠죠."

"휴, 자네한테 너무 무거운 책임을 떠안겼군."

💼

"다음은 올해 여성건강사업부 베스트 MR을 발표하겠습니다. 김유빈 사원입니다! 여러분 박수 보내 주십시오! 김유빈 사원은 단상 위로 올라와 주세요."

진행자가 큰 소리로 유빈을 불렀다.

그랜드 미팅의 첫날 행사도 하이라이트인 베스트 MR 시상으로 절정을 향해 달리고 있었다.

이미 베스트 지점을 시상한 강북2팀 테이블에서 유빈이 일어났다. 고막이 터질 것 같은 커다란 박수가 그를 향해 쏟아졌다.

강북2팀 직원들과 이혁 지점장을 향해 매력적인 미소를 보낸 유빈이 단상으로 향했다.

단상 위에는 첼시 사장과 다른 부서의 베스트 MR들이 그를 기다리고 있었다.

"여성건강사업부 김유빈 사원은 목표 대비 무려 237%라는 실적을 달성했습니다. 이번에도 첼시 사장님께서 상을 수여하도록 하겠습니다."

악수한 첼시 사장이 유빈에게 가까이 다가가 속삭였다.

"미스터 킴, 진심으로 축하해요."

"감사합니다. 사장님."

유빈이 축하에 웃으며 화답했다.

"조금 있으면 발표할 건데 긴장돼요?"

"그렇게 보이십니까?"

"호호, 전혀요."

모든 시상식이 끝나고 제네스 코리아 회장인 제프리 마이어스의 연설에 이어 첼시 사장이 다시 연단에 섰다.

그녀는 제네스 코리아의 제약사업부의 올해 타깃과 성장

에 관해 이야기했다.

"여러분의 노력으로 작년에 약가 인하라는 어려운 환경에도 불구하고 훌륭한 실적을 일궈 냈습니다. 올해도 쉽지는 않을 것 같습니다. 블록버스터인 에메리스의 특허가 끝났고 제네릭의 도전에 직면할 것입니다. 이러한 도전을 극복하기 위해 회사에서도 여러 가지 준비를 했습니다."

첼시 사장의 PPT가 큰 스크린에 띄워졌다.

부서마다 계획이 발표되고 여성건강사업부의 차례가 되었다.

"여성건강사업부는 작년에 어메이징한 실적을 냈습니다. 하지만 피임약 복용률은 십 년 전과 마찬가지로 여전히 3%를 넘지 못하고 있습니다. 시장을 확대하기 위해서 피임약 복용율 목표를 6%로 잡았습니다. 복용률이 6%가 된다는 것은 피레논 매출이 2배가 되는 것을 넘어서 호르몬 치료 시장 전체가 커진다는 것을 의미합니다."

6%라는 첼시 사장의 발표에 여성건강사업부 마케팅 부서 직원들이 고개를 저었다.

한마디로 무리한 목표였다.

마케팅 부서에는 한마디 상의도 없이 정한 목표치에 헤드인 유진영 차장은 사색이 될 정도였다.

"이 프로젝트를 성공하기 위해서 저는 이번에 프로젝트 매니저라는 자리를 신설했습니다. 프로젝트 매니저는 마케팅부 소속이기는 하지만 6%의 복용률을 달성하기 위해 독립적인 프로젝트를 진행할 것입니다."

파격적인 시도에 회의장이 웅성거렸다.

"그리고 프로젝트 매니저를 맡을 사람은 바로 이 사람입니다."

스크린에 유빈의 사진과 함께 영문과 한글 이름이 크게 떴다.

무슨 의미인지 파악하지 못해 잠깐 정지해 있던 사람들이 동시에 유빈을 쳐다봤다.

4권에서 계속

레벨업 어게인

LEVEL UP
AGAIN

잘은 모르겠지만 과거로 돌아왔다.

최단 기간, 최고 속도 레벨 업, 노블레스 등급 클리어.
생각지 못했던 행운들에 시스템상 주어지는 위대한 이름,
앰플러스 네임까지.

모든 게 좋았다.
사랑했던 여자도 이젠 지킬 수 있을 것 같았다.

[앰플러스 네임 '빛의 성웅'이 성립됩니다.]

그런데 뭐냐. 이 요상한 이름은……?
나 그런거 아닌데. 아 진짜. 아니라니까요.